Cosecha de verano

Summer Harvest

Isaura Contreras

Cosecha de verano

Summer Harvest

translated into English by
Rebecca Bowman

Bric-a-Brac

Press

Bric-a-Brac

Press

Bric-a-Brac Press

Copyright © 2010 Isaura Contreras

Translation copyright © 2024 Rebecca Bowman

Cover illustration: Rebecca Bowman

Book design: Rebecca Bowman

ISBN: 9781961136038

Cosecha de verano recibió el Premio Nacional de Novela Breve
Rosario Castellanos 2010

Cosecha de verano was awarded the Premio Nacional de Novela
Breve Rosario Castellanos 2010

A mis padres

To my parents

Cuando las tardes se iban con una olla en la cabeza y andar desaliñada era culpa de mamá; cuando recorría el pueblo con una vara en las manos y el miedo más grande era un perro amarillo; cuando podía correr sobre terrones que no se deshacían y trazaba caminos bajo las matas de un trigal. Cuando aprendí a contar. Cuando tuve al profesor, y lo recuerdo: en su silla frente a los otros ¿cincuenta?, decirme que yo era linda, su nariz en mis mejillas, mis piernas en sus rodillas, sus manos entre mi falda. Entonces, mi abuela enferma del pecho, papá dice que muere pronto, mamá piensa en los vestidos, yo a veces en el gorrión. La abuela construyó la jaula, ella misma puede entrar, abre una portezuela, dos pasos y está en el mismo espacio del animal; le habla en un lenguaje inventado de cariños, el pajarillo vuela en círculos asustado por verla, a poco se calma y se posa en un rincón cantando desesperado, y la abuela da un espanto con su nariz filosa, sus ojos vidriosos, su risa chillante, a pausas. Perdida en la contemplación, yo o alguien, a veces todos, la vemos traslucir por el alambrado, su postura inmóvil, sus muecas tímidas; manotea intentando tocar con sus dedos el ave, y le conversa en secreto, le cuenta de todos, y hasta de mí: muchos años después en una ciudad lejana. Lo dejó tía Saura, eso pensamos, lo dejó la noche de su huida, lo dejó por coraje, para recuerdo nuestro. La

When the afternoons went by with a pot on my head and if my hair and clothes were messy it was Mama's fault, when I'd run around town with a stick in my hands and my biggest fear was a yellow dog, when I could race across the dirt without it crumbling and trace paths under the stalks of a wheat field. When I learned how to count. When I had a teacher, I remember him: we're in his chair in front of the other kids, maybe fifty, he's telling me I'm pretty, his nose is on my cheeks, my legs are on his knees, his hand within my skirt. Then my grandmother sick in her chest, Papa says that she'll die soon, Mama's mind is on the dresses, mine's on the sparrow. Grandma built a cage, she can get in herself, she opens the little door, two steps and she is in the same space as the animal; she speaks to it in a made up language of endearments, the little bird, scared, flies in circles when it sees her, eventually it calms down and settles in a corner singing desperately and Grandma frightens it with her sharp nose, her glassy eyes, her shrill, jagged laughter. Lost in contemplation, I or someone, sometimes all of us, see her revealed through the wire, her still stance, her shy expressions, her outstretched hand, trying to touch the bird, she tells it about everyone, even about me: many years later, in a city faraway. Aunt Saura left it behind, or so we thought, she left it there the night she ran away, she left it out

adoración de la abuela: tía Saura y el pájaro, la misma cosa. Fue entonces lo del abuelo: sus caminatas incesantes por el jardín y el pasillo, las vueltas por la casa, sus palabras sin sentido, sus besos a la pared, su bilis derramada, ¿era eso? Y el abuelo la cosa más tierna: el abuelo comiendo nueces, el abuelo y su intento de no perder la memoria.

of anger, so we'd remember her. The apple of Grandma's eye: Aunt Saura and the bird, the bird and Aunt Saura. And then there was Grandpa, his endless wandering in the garden, hallways, and around the house, words without meaning, kisses for the wall, traces of rage, was it that? And Grandpa so tender, Grandpa eating nuts, Grandpa struggling not to lose his memory.

Entonces también la desnudez: fue una espalda blanca,
un pecho casi plano, nuestro andar airoso en el arenal;
fingir que eran olas, olas picaban y se arremolinaban
en nuestros cabellos, sólo olas.

Also then nakedness: a white back, a nearly flat chest, we strutted through the dunes, we pretended they were waves, waves that stung and tossed our hair, just waves.

Persa llegó un día al pueblo entrado el año de escuela: un coche diminuto, construido de chatarra, trazó un ronroneo por el camino. Llantas pequeñas, una base de madera y una silla cubierta de telas para el conductor; a su lado una mujer le cubre el rostro con un parasol, y en medio una niña sentada entre sacos rotos. ¿Un paseo preciosa?, así las palabras del hombre que observó mi rostro asombrado al cruzar la calle.

Persa arrived in town one day when school had already started: a tiny car built from junk traced a humming down the road. Small tires, the base made from wood and a chair covered with rags for the driver; at his side a woman covers his face with a parasol, and in the middle a girl sitting among torn sacks. A walk, darling? Those the words of the man that watched my astonished face as I crossed the street.

No lo olvidaría: le conté a mi madre que eran forasteros de vestimentas muy raras, le conté de la niña con falda larga y aretes azules; ella de pelo claro y su padre un gigante. No decir tonterías, no juntarme con quien no conozco, no hablar a los extraños; mamá dijo tantas cosas que no puedo recordar, y toda la noche soñé que subí al carro, que tomé al hombre de la espalda y allí arriba recorrí el pueblo ante la vista de todos.

I wouldn't forget it. I told my mother that they were strangers with very odd clothing, I told her of the girl with the long skirt and the blue earrings; she with light hair and her father a giant. Don't talk nonsense, don't run around with people you don't know, don't talk to strangers; Mama said so many things I can't remember, and all night long I dreamt that I got into the car, that I held the man by the back and from up there on high went through the town while everyone was watching me.

Mi padre ya se atrevía a manejar el camión. Desde la casa se oía a lo lejos aquel bufido aplastando piedras y al poco rato un sonido de sirena ordenaba abrir la puerta. Era un susto el escucharlo, yo me cubría las orejas y mamá corría al encuentro. Algunas veces el portón estaba de par en par pero él insistía en ser atendido, no salir a recibirlo era la frustración de esa empresa, someternos al pie del cerrojo indicaba lo eficaz de su llamado. Al momento, podíamos ver el camión dar vuelta a la izquierda y posarse en un espacio que por mucho fue mi parte preferida del jardín.

Dentro de casa una luz amarillenta se enciende, yo veo a papá entrar con sus ropas sucias y la espalda curva, inspecciona cada rincón en busca de mamá, pedirá la cena e irá a la cama. Tal vez lo escuche hablar de una cantina en medio del bosque, de las mujeres bonitas que lo invitan a bailar, de los besos rojos que limpia antes de llegar a casa, del bebé que sería suyo. Mamá sonríe y mueve la cabeza: la cobardía de papá nunca daría para tanto.

My father had got up the nerve to drive the truck. From the house you could hear far away that snorting crunching rocks and a little later the sound of a horn ordered that the gate be opened. Hearing it was scary, I covered my ears and Mama ran to meet it. Sometimes the gate was wide open, but he insisted on being waited on, to not go out to receive him was the frustration of that pursuit, to make us just stand there at the gate, to show how effective his call was. And right then, we could see the truck turn to the left and settle in a space that for years was my favorite part of the garden.

Inside the house a yellow light turns on, I see Papa come in with his dirty clothes and curved back, he looks in every corner searching for Mama, he'll ask for his dinner, and he'll go to bed. Maybe I'll hear him talk about the cantina in the middle of the woods, about the pretty women that ask him to dance, about the red kisses he wipes off before he comes home, about the baby that's probably his. Mama smiles and shakes her head: Papa's cowardice would never let him get that far.

Fue mi padre quien lo mencionó después: una pareja de trashumantes ha invadido el baldío. Prenden una fogata y comen, tienden una lona y bajo ella duermen. Vida de perro es esa. Perro sin dueño, entonces, porque Luna dormía en el portal envuelto entre toallas calientes y mamá le llevaba el alimento más de tres veces al día. Luna el perro, Luna con nombre de perra, papá dice que la luna no es mujer, él quiso llamarlo así. Luna el odioso, Luna el orejón, Luna el que se come los ratones, Luna el espanto del abuelo: lo echa de su patio, le lanza pedradas, lo insulta a gritos, el perro baila y baila, brinca hasta casi lamer las manos, parece que sonríe cuando el abuelo se enfada. La abuela saca una galleta cuando abuelo va a su a hamaca, llama a Luna y le acaricia las orejas, le dice al oído que regrese a casa, que un día el viejo va a cumplir la promesa: lo meterá a un saco y le echará encima la piedra más grande del cerco. Luna retoza, ladra y gime, parece un niño de ¿once años? Bastante más raro que yo. Es pequeño y también astuto, lo he visto con otros animales: Luna sube las patas sobre sus traseros, les hace algo tan doloroso que los hace aullar; yo le grito y en la desesperación su pito rojizo se queda en el aire. Lo he visto tantas veces, lo llamo mucho antes de que alguien lo tome a pedradas, esa es una imagen que detestan ver: un perro mostrando a todos las ganas, y nada más gracioso; desagradable lo

It was my father who mentioned it later: a couple of itinerants are squatting on the empty lot. They build a fire and eat, they stretch out a canvas and sleep under it. That's a dog's life. A dog without an owner, then, because Luna slept in the portal wrapped in warm towels and Mama brought him food more than three times a day. Luna the dog. Luna with the name of a girl dog, Papa says the moon is not a woman, he wanted to call him that. Luna the hated one, Luna big ears. Luna who eats the mice, Luna Grandpa's eyesore, he kicks him out of the patio, he throws rocks at him, he shouts insults at him, the dog dances and dances, he jumps until he can almost lick my grandfather's hands, he seems to smile when Grandpa gets mad. Grandma takes out a cookie when Grandpa goes to his hammock, she calls Luna and pets his ears, she whispers in his ear that he go back home, that one day the old man will keep his promise, he'll stick him in a sack and he'll throw the biggest rock of the garden wall on top of him. Luna wiggles, barks and whines, he seems like an eleven? year old boy. Much, much stranger than me. He is small and also wily, I have seen him with other animals: he puts his paws on top of their behinds, he does something so painful to them that he makes them howl; I shout at him and in his desperation his reddish wiener remains in the air. I have seen it so many times, I call to him way before

del caballo de tío Samuel, litros de orines manan de allí, no es necesario volver con el cubo de agua, el animal puede saciarse tomándolo otra vez.

someone starts throwing rocks at him, that is the image they hate to see, a dog showing everyone its urges, and nothing is more funny and what's disgusting is Uncle Samuel's horse, quarts and quarts of piss stream from there, it isn't necessary to return with a bucket of water, the animal can quench its thirst drinking it up again.

Ya sé que es trashumantes: vagabundos. Papá hablaba de Persa, de sus padres. La señora de las mejillas rosadas fue a casa envuelta en mantas de colores, sólo vio a los ojos a mamá y comenzó a decirle que un día papá no va a volver, que una mujer le tiene terribles rencores, que ella no sanará en largo tiempo. Y eso costó un gran puño de monedas, eso que yo misma le pude decir, hizo que mamá se tumbara varias tardes sollozando en el sillón.

Papá no se entera, él en la montaña y el patio mío; gano a Emilio sus canicas, y antes de celebrarlo tía Ada llega a pedirlas, alega que soy más grande y seguro lo engañé, pero Emilio las compra sólo para perderlas, la mala suerte ha sido mía: juega con otros y no le alcanzan las palabras para el reclamo. Ya no lo quería ver más, pero el patio se veía tan grande que cuando regresó merodeando no pude evitar echarme a correr y gritarle que me alcanzara.

Now I know what itinerant means: a drifter. Papa was talking about Persa, about her parents. The lady with the pink cheeks came to our house wrapped in colored shawls, she just looked into Mama's eyes and began to tell her that one day Papa wasn't going to come back, that there was a woman who had terrible grudges, that she won't get well in a long time. And that cost a big fistful of coins, that same thing I myself could have told her made Mama plump down for several afternoons sobbing in the armchair.

Papa doesn't have a clue, he in the mountain and the patio all mine; I win Emilio's marbles and before I can celebrate Aunt Ada comes by to ask for them, she argues that I am older and she's sure I cheated him, but Emilio buys them just to lose them, the one with the bad luck is me: he plays with other kids and doesn't have enough words to fight back. I didn't want to see him anymore, but the patio seemed so big that when he came back to hang around I couldn't stop myself from taking off running and shouting at him to try to catch me.

El patio de los abuelos es buen lugar, y sería mejor vacío: los imagino fuera un largo tiempo, llegar de vez en cuando con regalos, irse de nuevo; nada de eso. En las tardes el abuelo se sienta bajo el abeto, sólo come semillas y cuando Luna intenta a cercarse él tiene lista una piedrecilla que varias veces lo ha dejado cojo. Si lo buscamos ha de ser en silencio, y sonriendo le pediremos que nos ayude a trepar al árbol o a sostener el columpio, todo es lento, en voz baja y él acepta, porque quien corra o grite apenas escuchará un manotazo y un lárguense lejos que más de tres veces nos ha sacado lágrimas.

Terminada la tarea el abuelo emprende su caminata de diario, Emilio y yo agazapados al columpio disputamos el turno, mis triunfos resultan aburridos y al final lo dejo balancearse cuanto quiera. Intento subir al árbol y descubro su mirada tímida bajo mi falda; con las uñas arranco la corteza y molesta se la lanzo a la cara, él se frota los ojos y lloriquea, bajo entonces y le pregunto si le ha dolido. Levanta la mirada y soy yo quien siente el polvillo lastimándole el párpado, cuando todo pasa él busca probarme lo alto que puede subir; sabe de sobra que yo sí puedo verlo. Desde el columpio lo miro deslizarse a la rama más lejana, finjo que me sorprende y él promete un descubrimiento: las pluplumas de colores, el ninido de hilos plateados y,

My grandparents' patio is a good place, and it would be better empty. I imagine them gone for a long time, arriving once in a while with gifts, leaving again: nothing like that. In the afternoons Grandpa sits under the fir tree, he just eats seeds and when Luna tries to get near him he has a little rock ready that several times has left the dog lame. If we seek him out it has to be in silence, and smiling we'll ask him to help us climb the tree or to hold the swing, everything is slow, in a low voice and he accepts, because whoever runs or shouts will just hear a slap and a get out of here that more than three times has made us cry.

Once the chores are done Grandpa begins his daily walk. Emilio and I crouching in the swing fight about turns, my wins end up boring and I finally let him swing as often as he wants. I try to climb the tree and discover his shy gaze under my skirt, I tear bark off with my fingernails and throw it in his face, he rubs his eyes and cries, then I get down and ask him if he's hurt. He lifts his eyes and it's me who feels the dust hurting his eyelid, when it's all over he tries to prove to me how high he can climb, he surely knows that I can see him. From the swing I watch him slide out to the farthest branch, I pretend that I'm surprised and he promises to show me something: the cocolored feafeathers, the nenest of silvery threads and one day the pigeons, I say threatening words to him regarding

un día, los pichones, le digo palabras amenazadoras sobre ese pajarito que va a morir entre la yema de sus dedos y deja todo en su lugar. Cuando desciende le cedo el turno para pasear pero él prefiere mecerme a su antojo, con sus manos extendidas me empuja de la espalda, de la cintura, no, más abajo, y nos echamos a reír, y la corteza del árbol me queda lejos. Agitados terminamos el juego, felices los dos por la compañía, entonces él me pregunta cuándo viviré en su casa para ser hermanos.

that little bird that is going to die between the tips of his fingers and he leaves everything in its place. When he comes down I give him my turn so I can walk around but he prefers to push me on the swing as much as he wants, with his stretched out hands he pushes my back, not near the waist, no, lower, and we start laughing and the tree bark is far away from me. Stirred up we end the game, the two of us happy for the company and then he asks me when I will live at his house so we can be brother and sister.

A penas lo descubrí, la madre de Persa es la señora de ropa púrpura que va a casa cuando no está papá. Si no hay monedas la mujer recibirá granos y a cambio dejará un ramillete de listones que debemos colgar en el corredor; algo para amarrar los hijos. Yo la escucho balbucear aunque no deba, en realidad no quiero oír las respuestas que nos da: nunca nada bueno. Pero mamá me obliga a permanecer al lado de la puerta pues si la abuela se entera es la bomba; la abuela dice que son ladrones y que no deberíamos nunca permitir su entrada, mi madre contesta que es sólo lástima, que le ha dado a la señora mi ropa para la hija. Supe que se llamaba Persa, y ya mamá dice Persa esto o lo otro, y que Persa es una niña preciosa, y sus ojos, y no sé cuantas cosas, pero no va a la escuela, tal vez el próximo verano.

I just found out, Persa's mother is the lady with the purple clothes that goes to our house when Papa isn't there. If we don't have any coins the woman will take grain and in exchange will leave a bouquet of ribbons that we must hang in the hallway; something to bring children. I listen to her babbling even though I shouldn't, truth be told, I really don't want to hear the answers she gives us, it's never anything good. But Mama makes me stay next to the door cause if Grandma finds out it's a bomb; Grandma says they're thieves and that we must never let them in, my mother answers back that it's only out of pity that she's given the lady my clothes for her daughter. I found out she's called Persa and now Mama says Persa this and Persa that and that Persa is a beautiful girl, and her eyes, and on and on and on, but she's not going to school, maybe next summer.

Ya cuento las cuentas del collar para que lleguen las lluvias.

Now I'm counting the beads on my necklace so the rains will come.

Papá y tío Samuel irán a la costa, cargarán fruta de temporada. Ese será el negocio, la tierra y los granos ya no dan para más. No más que para esta casa de jardín deforme y largo corredor, sólo dos cuartos y la minúscula cocina de mamá, su estante falto de platos, las cortinas ya rasgadas. Y la costa que suena tan costa, tan rara, tan lejos, cuando papá llegue no le reconoceremos el rostro, será dorado; dice, que dicen, que allí el sol está tres veces más cerca, que hay tanta agua como para sembrar el pueblo entero. Que si el abuelo supiera no se estaría quejando de que han dejado el riego por el temporal.

Papa and Uncle Samuel will go to the coast, they'll transport seasonal fruit. That will be the business, the land and the grain don't make enough anymore. Just enough for this house with a misshapen garden and long hallway, only two rooms and Mama's tiny kitchen, her shelf with its scant dishware, the already tattered curtains. And the coast that sounds so coast, so strange, so far away, when Papa arrives we won't recognize his face, it will be tanned golden; he says, that they say, that there the sun is three times closer, that there is enough water to sow the entire town. That if Grandpa knew he wouldn't be complaining about how they've traded the hose for the rains.

La vereda y los arbustos, el camino rojo, las piedras negras, el olor a fresco. Yo camino entre la tierra caliza, con la comida en los hombros, papá esperará en la montaña: dos veces al año. Tío Samuel y mi padre engañando al abuelo; la siembra y el trabajo: dormir el día entero bajo un árbol, llegar por la tarde, contar que las plantas han nacido y el agua falta. Rentar instrumentos, agilizar el abono, y entonces, pedir dinero al abuelo, porque la tierra, siempre la tierra, ha tenido escrito su nombre, y una tierra yerma es la vergüenza de su dueño, dos hijos son suficientes para un linaje de siglos; dos menos uno: mi padre y su sola hija. Yo llevaba la comida de papá: sentados a la sombra él devoraba todo y me ofrecía a ratos. Tío Samuel en un extremo, sin nada: Emilio aún es pequeño para cargar, y Papá le ofrece la cesta, ya vacía; tío Samuel mueve la cabeza por una broma de mal gusto, ríe en silencio contemplando a lo lejos lo que será suyo.

Fue alguna de esas veces: yo por el atajo, en la soledad del camino. Tanto tiempo perdí, bien recuerdo el regaño: la comida llegó fría y papá muerto de sed. Sería mi culpa. Sería entonces de ida o de regreso. Persa en el camino, tejía flores. Yo sorprendida, ya entonces avergonzada, mi pelo desaliñado y mi cara sucia. No había forma de ocultarme: estaba allí trenzando una corona. Largo

The path and the bushes, the red road, the black rocks, the fresh, cold smell. I walk over the limestone soil, with the food on my shoulders, Papa will wait on the mountain, twice a year. Uncle Samuel and my father fooling Grandpa; sowing and work: sleeping the whole day under a tree, coming home in the evening, telling him the plants have sprouted and water is needed. Renting instruments, to make fertilizing easier, and then, asking Grandpa for money, because the land, always the land, has had his name written on it, and a barren land is the shame of its owner, two sons are enough for the lineage of centuries: two minus one: my father and his only daughter. I took Papa's food to him: sitting together in the shade he ate it all up and at times he'd offer me some. Uncle Samuel at one end, with nothing: Emilio is still too little to carry things, and Papa offers him the basket, already empty: Uncle Samuel shakes his head at this joke in poor taste, he smiles in silence, gazing off far away at what will be his.

It was one of those times: me on the shortcut, in the solitude of the path. I wasted so much time, I can really remember the scolding: the food arrived cold and Papa dying of thirst. It must have been my fault. It must have been then on the way there or on the way back. Persa on the path, wove flowers. I surprised, and then ashamed, my messy hair and my

rato la observé de lejos. Nunca supe si me vio, por fin me atreví a pasar, con la cabeza baja, a pasos lentos; ella no se inmutó, tal vez no me miraba.

dirty face. There was no way of hiding: she was there braiding a crown. For a long time I watched her from afar. I never knew if she saw me, finally I dared to pass by her, with my head down, with slow steps; she didn't react, maybe she didn't see me.

Otro día. Un grito, un saludo, algo fue. Me hizo voltear. Y desde entonces las tardes interminables, la felicidad.

Another day. A shout, a greeting, there was something. It made me turn. And from then on the unending afternoons, happiness.

La madre de Persa lo sabía todo. Le dijo a mamá toda la verdad. Fue así que las monedas y las semillas cobraron sentido, por aquella y por todas las tardes en que su presencia era la calma de la casa. Los listones azules, las infusiones y los ungüentos. Estaba dicho: papá iría a la costa, sus viajes serían espaciados uno del otro, al principio; estaría allá una semana, al principio; regresaría con regalos y estaría feliz de vernos, al principio. Después el tercer viaje duraría un mes, papá a penas nos sonreiría al regresar, alegaría cansancio, sólo algo para mí, y nada para mamá. Después, al quinto viaje, seguro no regresaría. ¿Y tío Samuel? Nunca los granos alcanzaban para tantas preguntas, tía Ada debía hacer lo suyo, buena fortuna la de ella, siempre la había tenido. Tío Samuel no tenía razón para huir.

La señora permanece en casa unos minutos, mira al techo hablando en una lengua que no conocemos: aquella en que se hacen oír las plegarias.

Persa's mother knows everything. She told Mama the whole truth. It was this way that the coins and the seeds made sense, for that and for all the afternoons that her presence was the calm in the house. The blue ribbons, the infusions and the ointments. It was said, Papa would go to the coast, at first his trips would be spaced out; he would stay there a week, at first; he would return with gifts and would be happy to see us, at first. After that the third trip would last a month, Papa would barely smile at us when he returned, he would claim that he was tired, just something for me, and nothing for Mama. Afterwards, on the fifth trip, surely he would not return. And Uncle Samuel? The grain was never enough for so many questions, Aunt Ada must be doing something, lucky her, she'd always been lucky. Uncle Samuel had no reason to run away.

The lady stays in the house for a few minutes, she stares at the ceiling speaking in a language we don't know: the one that makes prayers be answered.

Por fin médico. De oídas lo conocimos, muy joven, inexperto. Nunca está. Nadie va a salvarse. Mejor nada, ¿un matasanos? Así dice el abuelo, me suena a gusanos; ya siento que lo aborrezco. Tío Samuel piensa que es bueno, sobre todo por la abuela. Ya nadie soporta las noches en que ella intenta respirar profundo y sólo se oye un chirrido entrando por su garganta. Cualquier día se ahoga, dice mi padre que la escucha desde casa. Yo duermo con la almohada en las orejas, mi padre sentado, mantiene un oído en dirección a la izquierda, el sonido lo arrulla durante las noches; escucharlo las seis horas que dura su sueño es la garantía de que al día siguiente la abuela estará entrando a la jaula, y así sucede. Mamá sólo se queja para molestar, ella duerme sin oír y dice a todos que es su conciencia. La ocurrencia fue del abuelo: hace falta una cura, ya es insoportable el ruido. En cada palabra parece que la abuela da de brincos que cualquier sonido lleva impresa su agitación. Mejor no dirigirse a ella, mejor visitarla poco, que no hable, ella no quiere medicinas. El abuelo insiste en que visite al médico, que de algo sirva el camión. Pero la abuela no va a subir allí. La imagino a la puerta, trepada en una silla para entrar: quejumbrosa abre sus piernas y con miedo va a sentarse, el estruendo del motor ya la hizo desmayar. Me pregunto si supone que mi padre no quiere llevarla; o se trata del pájaro, imposible el

Finally a doctor. We've heard of him, very young, inexperienced. He's never there. No one will be saved. It's better to do nothing, a quack? That's what Grandpa says, it's like whack; I hate him already. Uncle Samuel thinks that he's good, especially for Grandma. No one can stand any longer the nights in which she tries to breathe deeply and you can only hear the squeak coming out of her throat. She'll suffocate any day now, my father says, who can hear her from his house. I sleep with a pillow over my ears, my father sitting, keeps one ear pointed to the left, the sound lulls him at night; listening to it the six hours he sleeps is a guarantee that the next day Grandma will be entering the cage, and that's what happens. Mama only complains to annoy us, she sleeps without hearing anything and tells everyone that it is their conscience. The idea was Grandpa's: what we need is a cure, that sound has become unbearable. With each word it seems like Grandma jumps, that any sound carries within it her agitation. It's better not to talk to her, better to only visit her once in a while, that she not speak, she doesn't want medicine. Grandpa insists on her visiting the doctor, that way the truck will have found some use. But Grandma won't get on that thing. I imagine her at the door, having climbed up a chair in order to get in: complaining, moaning she opens her legs and fearfully she sits down, the roar of the motor

abandono. La abuela no irá, fingirá sentirse mejor, es todo. Y el abuelo, indignado, no comprende por qué sólo le importa a él. El tío tuvo una idea brillante, a la abuela le agradó: hay que traer a la enfermera. Que la traigan, opinamos todos. Y el abuelo en el rincón, iracundo: ¿quieren matar a esta vieja? Tráiganla entonces.

Esa noche no hubo resuellos, ni quejidos. Yo no pude cerrar los ojos a causa de tanto silencio. Mi madre pasaría por lo mismo, varias veces escuché sus zapatos en el pasillo y el crujir de la puerta del baño. Como si temiera enterarse de una mala noticia, durante la mañana, mamá me prohibió salir al patio. Cuando vimos a la abuela en el umbral de nuestra puerta mi madre le dio los buenos días con un gusto desbordado; ni siquiera reparamos en el bulto de ropa que cargaba. Mi madre le preguntó sorprendida si se estaba recuperando. La abuela se echó a reír y dijo no saber cómo pero durante la noche jamás se inquietó por respirar y simplemente se quedó dormida. No será necesario un médico, dijo. Y mi madre, extrañada, tampoco comprendió el instante en que mi abuela extendió los brazos y le entregó un montón de prendas de tía Saura. La abuela tenía los ojos vidriosos y con su voz como un chillido dijo a mi madre que seguramente la ropa le vendría muy bien o de lo contrario la echara al fuego. Mamá alargó las manos,

already made her faint. I ask myself if she supposes that my father doesn't want to take her; or if it's about the bird, she doesn't want to leave it. Grandma won't go, she'll pretend that she feels better, that's all. And Grandpa, indignant, doesn't understand why it's only important to him. Uncle has a brilliant idea, Grandma liked it: a nurse must be brought. Let's bring her, we all agree. And Grandpa in his corner, furious, raging. You want to kill the old lady? Then bring the nurse.

That night there were no gasps or moans. I couldn't close my eyes because of so much silence. My mother would go through the same thing, several times I heard her shoes in the hallway and the creaking of the bathroom door. As if she were afraid she was going to find out about some bad news, during the morning, Mama told me not to go out to the patio. When we saw Grandma in our doorway my mother overflowing with joy said good morning to her; we didn't even notice the bundle of clothes she carried. Surprised, my mother asked her if she was getting better. Grandma started to laugh and said she didn't know how but during the night she never struggled to breathe and she fell asleep. The doctor wasn't necessary, she said. And my mother, bewildered, also didn't understand the instant that my grandmother stretched out her arms and gave her a bunch of Aunt Saura's clothes. Grandma's eyes were

cuando dio las gracias la abuela volvió el rostro y salió en seguida de la casa. Mi madre me vio a los ojos a punto de soltar una sonrisa, pues seguro imaginó la tarde entera frente al espejo modelando uno a uno los vestidos negros de mi tía.

glassy and with her voice like a squeak told my mother that she was sure the clothes would look good on her and if they didn't to go ahead and burn them. Mama reached out her hands, when she said thank you Grandma turned her face away and left the house right away. My mother looked straight into my eyes just about to let out a smile, because surely she imagined the whole afternoon in front of the mirror trying on my aunt's black dresses one by one.

Yo no la recordaba, pero era mamá quien repetía esa historia; al escucharla no podía evitar los sollozos porque era cómica y a la vez muy triste, lo mejor eran los detalles, lo que siempre olvido, apenas y sé de los hechos, de las cosas que habló el mundo, pero mi madre sí supo la verdad y lloró mares cuando pasó.

I didn't remember her, but it was Mama who told that story again and again; listening to it I couldn't avoid sobbing because it was comic and at the same time it was sad, the best thing were the details, what I always forget, I just barely know the facts, the things that the world said, but my mother did know the truth and cried oceans of tears when it happened.

Alguien contó una vez, alguien que ya no sé quién, contó, que no sé yo bien ni qué cosa, una vez, una de tantas; no sabemos si fue así como pasó, o como lo inventaron, el hecho fue entonces el cuento y el decir, pero no lo supe bien y lo repito: la tía caminaba sobre nubes, los dolores comenzaron a resbalarle por el cuerpo, sólo sabía ya de memoria un nombre, todos los rostros se difuminaban frente a sus ojos, una sola palabra escurría de su boca y se decía que hablaba con la dulzura de la miel; tía Saura estaba enamorada y todo era casi perfecto, perfecto: ella la envidia del pueblo. Un día el hombre le suplicó que escaparan y la tía aún con todo el deseo, pero sin explicar nada, le pidió esperar. Entonces, él se sintió tan triste, yo pienso que molesto, y al día siguiente no la buscó más; tiempo después llegó a los oídos que se había unido a otra creyéndose despreciado: no había razón para la espera.

El hombre nunca sabría que Saura llevaba puesta su ropa íntima rota y le avergonzó partir con él. Dicen por ahí que el hombre aún pregunta por ella con una ternura desbordada, dicen también que tía Saura no pudo perdonarse el detalle de la ropa interior y desde entonces no la usó más.

Cuando pienso en ella la imagino por la calle con sus vestidos largos y sus manos pegadas al cuerpo intentando evitar que un ventarrón la deje al

Someone told us once, someone, I don't know anymore who, told us, that I don't really even know what, one time, one of many; we don't know if it was this way that it happened, or how they made it up, the fact was then the story and what was said, but I didn't really know and I tell it again: my aunt walked on clouds, the pains began to slide over her body, by then she only knew one name by heart, all of the faces blurred in front of her eyes, a single word trickled out of her mouth and it was said that she spoke with the sweetness of honey; Aunt Saura was in love and everything was almost perfect, perfect: she was the envy of the town. One day the man begged her to run away with him and my aunt still with all the desire, but without explaining anything, asked him to wait. Then he felt so sad, I think mad and the next day he stopped seeking her out; a little while afterwards it was overheard that he had gotten together with another woman believing he'd been jilted: there was no reason for the delay.

The man never would find out that Saura was wearing torn underwear and she was ashamed to leave with him. They say out there that the man still asks about her with overflowing tenderness, they also say that Aunt Saura couldn't forgive herself for the thing about the underwear and that since then she never wore any again.

descubierto; la recuerdo en el patio de la abuela, con la cara dura y sus formas huesudas, la recuerdo alimentando los pájaros, y la tarde entera comiendo limón.

When I think of her I imagine her on the street with her long dresses and her hands stuck to her body trying to stop a gust of wind from leaving her exposed; I remember her in Grandma's patio, with her face all hard and her bony shapes, I remember her feeding the birds, and spending the entire afternoon eating lemons.

Me enviaron a buscar a la enfermera. Tras un vitral se observaba un cuarto completamente limpio, una mesa pequeña en el rincón, pilas de cajas, tal vez la medicina; el olor a desinfectante me hacía retorcer el estómago. Recuerdos de otro tiempo: boca abajo en una cama, con las nalgas al cielo, mordiendo el brazo de mamá y una aguja atravesando mi piel, oigo las orgullosas palabras de la madre de una niña que no llora, mis ojos rasados de lágrimas, pero esa era la voz de mi madre; cojeé del pie izquierdo en los primeros pasos, uno más y al suelo, y no fue la caída sino el dolor primero lo que me hizo por fin derretirme en llanto. Veo a las mujeres sentadas en círculo, sus ojos atentos sobre mí, riendo a carcajadas por ese primor que de pronto ha llorado, y mi madre conteniendo la burla, sólo me sonríe y me toma en los brazos, me acaricia la rodilla y me da un beso en la cara mojada. Largo rato fijo mis ojos en el reflejo del vidrio, estoy yo con mi pelo enmarañado, yo sonriendo y haciendo muecas, yo sin reconocerme; y detrás un campo llano con piedras y escasos matorrales. Correr es el primer arrebato pero no lo hago, sólo camino de espaldas y me dirijo al pie de la calle. Allí, sentada bajo un eucalipto estará Persa sonriendo, voy hacia donde está, ella traza círculos con un palito de madera, a ratos alza la vista. Con la confianza de todos los días le pregunto si puedo jugar.

They sent me to look for the nurse. Behind a glass one could see a completely clean room, a small table in the corner, piles of boxes, maybe medicine: the smell of disinfectant made my stomach twist. Memories of another time: me face down on a bed, with my bottom up to the sky, biting Mama's arm and a needle piercing my skin. I hear the proud words of the mother of a girl that doesn't cry, my eyes brimmed with tears, but that was the voice of my mother; I limped with my left foot the first few steps, one more and I fell to the floor, and it wasn't the fall but the pain what first made me finally melt into tears. I see the women sitting in a circle, their eyes intent on me, bursting with laughter at the cute little thing that has suddenly begun to cry, and my mother, holding her ridicule in, just smiles at me and takes me in her arms, she pats my knee and gives me a kiss on my wet face. For a long time I fix my eyes on the reflection in the glass, I'm there with my tangled hair, me smiling and making faces, me without recognizing myself and behind a flat field with rocks and a few thickets. Running is the first outburst, but I don't do it, I just walk backwards and head to the end of the street. There, sitting under a eucalyptus tree Persa will be smiling, I go to where she is, she's tracing circles with a little wooden stick, sometimes she raises her eyes. With an everyday familiarity I ask her if I can play with her.

Me senté en el suelo, tracé una ciudad con montículos de piedrecillas y ella hizo lo mismo; describió la posición de su casa, el camino y los árboles, estuvimos un rato escanciando la tierra hasta que emprendí el regreso.

Ya oscurecía cuando toqué el portón, mamá apareció al momento: se dirigía a buscarme. Cuando me preguntó por la enfermera casi salto de sorpresa, pero enseguida mencioné que nunca llegó. Mamá reviró los ojos porque seguro esperaba una noche de insomnio: tal vez los jadeados de la abuela, tal vez papá en la costa, tal vez los temores de su dolor en la cabeza.

I sat down on the ground, I drew up a city with mounds of pebbles and she did the same; she described the location of her house, the path and the trees, we were there a while sifting the dirt until I started back home.

It was already getting dark when I knocked on the gate, Mama appeared in a minute: she was about to go out and look for me. When she asked me for the nurse I almost jump in surprise, but right away I said she never arrived. Mama rolled her eyes because she surely expected a night of insomnia, maybe Grandma's panting, maybe Papa at the coast, maybe fears of her headache.

La carpa roja: un cono deforme prendido a la tierra con sogas amarillas, en el centro una barra de acero sosteniendo la lona como una mujer flaca en su intento de jalarse el vestido. Por entre las rendijas, cuando se colaba el viento, una humareda olorosa se escapaba y aguzábamos los dientes imaginando la comida. El padre de Persa pasaba las tardes con un libro en las manos; yo, desde la calle, lo observaba sonreír entre las hojas. La madre andaría el pueblo, Persa con ella. Persa en las historias de la tarde. Persa en los celos de mi amiga. ¿Acaso le gustaba? Era su pelo rizado, las cosas que sabía, aquellos ojos. Sólo coincidencias: Ángel, la enfermera, las buenas notas, yo la pierna izquierda del profesor, ella la derecha, y por eso, Nara recorriendo mi casa, Nara y yo tiradas en el jardín con la tarea, Nara sobre mi cama; y mamá y las golosinas cada veinte minutos, el jugo de naranja, y entonces, mi mejor amiga. Era el secreto ser tan iguales: la coleta del lado izquierdo, los libros rotos, el pelo liso y lo que nadie ve. Una la sombra ¿y quién primero? Pasamos la mitad del día compartiendo un banquillo. Mi mano izquierda roza su derecha. Por un rato su pie y el mío forman un solo cuerpo, escribimos rápido. Caminamos como en una marcha acompasada. Y en el minúsculo espacio del salón, y por largas horas, era sólo la vida en disputa.

Fue Nara quien me habló de la enfermera: su

The red tent: a misshapen cone tied to the ground with
yellow ropes, in the center a steel bar holding the
canvas up like a skinny woman trying to pull down
her dress. Between the slits, when the wind slipped
through, a cloud of fragrant smoke would escape and
we would sharpen our teeth imagining the food.
Persa's father spent his afternoons with a book in his
hands; I, from the street, would watch him smile
between the pages. The mother would be in the town,
Persa with her. Persa in the stories of the afternoon.
Persa in the jealousies of my friend. Did Nara really
like her? It was her curly hair, the things she knew,
those eyes. Just coincidences. Angel, the nurse, the
good grades, me on the teacher's left leg, her on the
right one, and because of this, Nara looking around
my house. Nara and I lying on the ground in the
garden with our homework. Nara on my bed; and
Mama and the hard candies every twenty minutes, the
orange juice, and then, my best friend. The secret was
being so alike: the ponytail on the left side, the torn
books, the straight hair and what no one sees. One the
shadow, and who first? We spent half the day sharing
a little bench. My left hand brushes her right hand. For
a while her foot and mine form one single body, we
write quickly. We walk as if in a rhythmic march. And
in the tiny space of the classroom and, for long hours,
it was only life in dispute.

It was Nara who told me about the nurse: her

voz azucarada, su boca de carmín, sus ojos como soles, ¿qué es eso?, ¿dónde está? Nos tiemblan las piernas, la respiración se va agitando, no podemos elevar la mirada. Suplico una palabra, un saludo, una sonrisa, ganas de espiar todo el día. Y cuando nuestras voces por casualidad se cruzan, un sentimiento de triunfo nos envuelve, y allí todo es tan simple. Luego la despedida, un roce, su perfume y otra vez las ansias. Nara se fingió enferma. Casi lo logró. ¡Qué ocurrencia! no sé si lista o torpe. Fingió un dolor de estómago. No. Más abajo. Un ardor inmenso, una comezón imparable, como sal en una herida. Se tiró en la cama a llorar. Obtuvo una pomada, fue su madre quien se la untó. Qué vergüenza, vergonzoso, ni siquiera pudo ver a la enfermera. Y aún peor: lavar bien la ropa, no tocarse nada.

sugared voice, her carmine-colored lips, her eyes like suns. What is that? Where is she? Our legs shake, our breath quickens, we can't raise our eyes. I beg for a word, a greeting, a smile, the urge to watch her all day. And when our voices accidentally cross paths, a feeling of triumph surrounds us and there everything is so simple. Later on we say goodbye, a brush, her perfume and once more the yearning. Nara pretends to be sick. She almost achieves it. What a thought! I don't know if she is smart or dumb. She made believe she had a stomachache. No. Further down. An immense burning, an itch that wouldn't stop, like salt in a wound. She lay down on the bed to cry. She got an ointment, it was her mother who put it on her. How embarrassing, shameful, she couldn't even see the nurse. And even worse: washing her clothes thoroughly and not touching herself ever.

De las cuatro esquinas de la mesa, la que da a la puerta es mi favorita, si alguien viene me ve la espalda, pero no la boca abierta; me trago el sonido como una bocanada, cuando siento que me ahogo allí se apaga. Nara me lo contó todo, para que fuera un secreto.

Of the four corners of the table, the one that points to the door is my favorite, if someone comes in they see my back but not my open mouth, I swallow the sound like a puff of air, when I can't hold it in anymore then it goes away. Nara has told me everything, so that it could be a secret.

Despertamos mucho antes de poder dormir. Despertamos porque la mañana empezaba a clarear. Despertamos porque el colchón se agitaba al ritmo de los gemidos de la abuela. Yo me calcé los zapatos y corrí al pasillo, mi padre daba vueltas y mi madre desde el sillón lo tranquilizaba; él se encaminó hacia a fuera mientras mi madre y yo lo seguimos. Cruzamos el patio y llamamos a la puerta de los abuelos. El pájaro ya volaba en círculos dentro de la jaula. El abuelo salió a nuestro encuentro, desde dentro se escuchaban los quejidos pero la abuela permanecía dormida. Nosotros en el umbral observando el vaivén violento de su cuerpo. El abuelo dijo que ella se encontraba bien. Esa sería su forma de conciliar el sueño, dijo mi padre. Pero sus ojos vidriosos no paraban de ver el bulto que era la abuela. Mi madre aseguró que no estaba enferma sino que algo terrible soñaba durante las noches; mi padre movió la cabeza negando esas palabras. El abuelo se quedó en silencio y como si buscara evitar el sufrimiento se acercó a la abuela y le susurró su nombre a los oídos. La abuela no despertó, ¿quién va a reconocerse en ese nombre de cuatro letras que es más bien un chasquido?, con razón la abuela cerraba los ojos. Háblale tú, le dijo a papá. Y mi padre sólo huyó del cuarto. En el corredor de la casa del abuelo mi padre me llamó con un grito: tocarás la puerta sin parar. Sólo incliné la cabeza y

We woke up way before we could fall asleep. We woke up because the morning had begun to become bright. We woke up because the mattress shook with the rhythm of Grandma's moans. I put on my shoes and ran to the hallway, my father was walking round and round and my mother from the armchair tried to calm him down; he moved out the door while my mother and I followed him. We crossed the patio and knocked on my grandparents' door. The bird was already flying in circles inside the cage. Grandpa came out to meet us, from inside you could hear the groans, but Grandma kept on sleeping. We in the threshold watching the violent back and forth of her body. Grandpa said that she was doing fine. This must be her way of getting back to sleep, my father said. But his glassy eyes didn't stop looking at the lump that was my grandma. My mother was sure that she wasn't sick but that she was dreaming some awful dream at night; my father shook his head, denying those words. Grandpa kept quiet and as if he were looking for a way to avoid any suffering he approached Grandma and whispered her name into her ears. Grandma didn't wake up. Who would recognize themselves in that name made up of four letters that is more like a snap? No wonder Grandma closed her eyes. You say something to her, Grandpa said to Papa. And my father just fled the room. In the

avancé con rapidez, crucé el portón, una calle a la derecha, otra a la izquierda, cinco árboles, una piedrita en la mano. Toqué con tanta fuerza y vi una abolladura en la superficie. Después de un largo rato una sombra se traslució por el cristal. Al abrir la puerta me observó con ojos serios, preguntó si era hora justa para molestar. Yo sólo dije que la necesitaban en casa y temblando de miedo oculté la mirada en sus zapatillas blancas. Es mi abuela la enferma, dije, como si hubiera preguntado. Respondió que iría conmigo. Andaba a mi lado como si supiera del camino, cinco árboles, tomar la izquierda, luego la derecha. Sólo empujé el portón.

hallway of Grandpa's house my father shouted for me to come: knock on that door and don't stop. I only nodded my head and moved forward quickly, I went through the gate, a street to the right, one more to the left, five trees, a pebble in my hand. I knocked hard and saw a dent on the surface. After a long time a shadow could be seen through the glass. When she opened the door, she looked at me with serious eyes, she asked if it was the right time to be bothering people. I just said that she was needed at my house and trembling with fear I hid my gaze in her white slippers. It's my grandma who's sick, I said, as if she had asked. She answered that she'd go with me. She walked along beside me as if she knew the way, five trees, take a left, then a right. I only pushed the gate.

Todos en el patio: el abuelo, papá, mamá y hasta la abuela. Un saludo frío tal vez por la molestia. Papá le dio los detalles. Yo soy la enferma, dijo la abuela, y entró a la casa invitándola a pasar. Esperamos allí afuera. Una completa ignorante debe ser, murmura el abuelo. Mi madre no quiere salir, dijo papá. Mejor para ti, rezongó el abuelo con sorna; y mamá optimista: todo estará bien. ¿Cómo se levantó?, pregunté. Cuando el pájaro empezó a cantar, tenía hambre, alguien respondió. Tonterías, dijo papá. Al fondo los cuchicheos, la abuela no emitía ni el más mínimo quejido. El abuelo fue el primero en entrar y todos lo seguimos. La abuela estaba postrada en la cama con la mirada perdida. ¿Es grave?, preguntamos. Ella está bien. ¿Y los dolores en el pecho? ¿La respiración agitada? ¿El corazón a punto de salir? Cuestión de reposo. El abuelo le extendió un billete. La abuela en silencio, entrecerrando los ojos. Medicamentos nada, una farsante, cuchicheó el abuelo satisfecho cuando la enfermera salía. Fui yo quien la acompañé a la puerta. Luna desde lejos corrió tras de nosotras lanzándole breves ladridos. Fue hasta entonces que la vi sonreír. ¿Cómo se llama?, preguntó con una voz queda. Luna, dije ¿Luna?, y sonrió como si encontrara en el perro el nombre perfecto.

Por la tarde tío Samuel apareció en el patio de los abuelos. Jamás se percató de lo sucedido hasta que

Everyone in the patio: Grandpa, Papa, Mama, and even Grandma. A cold greeting, maybe out of anger. Papa gave her the details. I'm the one who's sick, Grandma said, and entered the house inviting her to follow. We waited there outside. She must be a complete idiot, Grandpa murmurs. My mother doesn't want to come out, Papa said. Better for you, grumbled Grandpa snidely and Mama optimistic: everything will turn out ok. How did she get up? I asked. When the bird began to sing, it was hungry, someone answered. Nonsense, Papa said. In the back of the house whispers, Grandma didn't let out the slightest groan. Grandpa was the first to enter and all of us followed him. Grandma was lying prostrate on the bed with a faraway look in her eyes. Is she dying?, we asked. She's fine. And the chest pains? Her ragged breaths? Her pounding heart? It's a question of bedrest. Grandpa handed her a few bills. Grandma quiet, her eyes half-closed. Medicine, nothing, a faker, a quack, whispered Grandpa satisfied when the nurse left. It was I who went with her to the door. Luna came running from afar after us, hurling sharp barks at her. It wasn't until then that I saw her smile. What's its name?, she asked in a quiet voice. Luna, I said. Luna? And she smiled as if she had found in the dog the perfect name.

That afternoon Uncle Samuel appeared in our

mi abuelo empezó a hablar. ¿Es posible que nada hagan?, ¿por qué le creen a esa mujer? La abuela protestando. No iré a ningún lado. El abuelo mueve la cabeza. Tío Samuel no contesta y mi padre piensa que ha hecho lo suyo. Lo terrible son los quejidos, piensa mi madre que no ha conciliado el sueño, y no dice nada pero bosteza.

grandparents' patio. He never found out about what happened until Grandpa started talking. How is it possible you won't do anything? Why do you believe that woman? Grandma protesting. I'm not going anywhere. Grandpa shakes his head. Uncle Samuel doesn't answer, and my father is sure he's done all that he can do. The worst things are the groans, my mother thinks, who hasn't been able to sleep and doesn't say anything, but yawns.

Ángel escribió nuestros nombres sobre un muro y dibujó alrededor un corazón. Las letras eran tan grandes que su abuelo lo ayudó en todo; el letrero está dibujado en una pared de su negocio. Otros me lo contaron; yo me moría de espanto, ¿dónde se duerme el miedo cuando no ataca? Despertaba con el dolor de estómago, con las palpitaciones, con las ganas de correr y no querer detenerme. Maldito ese pillo, o su abuelo, no lo sé. Temblando entré al negocio. El anciano con su nariz puntiaguda me dio la bienvenida, me regaló un dulce pero no dijo nada, ni siquiera menciona a Ángel; entre la mercancía veo mi nombre arder en un corazón, se trasluce apenas por los frascos, me hace guiños, yo detrás, yo con nombre invariable. ¿Soy en verdad la del letrero? Tomo el paquete y salgo dando las gracias.

Angel wrote our names on the wall and drew a heart around them. The letters are so big that his grandpa helped him with everything; the words are drawn on a wall in his store. Others told me about it; it was scaring me to death. Where does fear sleep when it doesn't attack? I woke up with a stomach ache, palpitations, with the urge to run and run and never stop. Damn that kid, or his grandpa, I don't know. Trembling I stepped into the store. The old man with his pointy nose welcomed me, he gave me a piece of candy but didn't say anything, he didn't even mention Angel. Among the merchandise I see my name burn in a heart, it barely glows through because of the jars, it winks at me, me behind, me with an invariable name. Am I really the one in the words? I take the package and leave, saying thank you.

Papá llegaba a casa con los pies forrados de lodo. El trabajo, el trabajo del lodo, el lodo del trabajo. Papá trabaja es decir papá y el lodo. Papá y los corajes: papá deletrea Ángel entre los labios, mamá cocina, papá espera, papá y el sudor chorreando por su cabeza. Papá esperando. Papá toma el agua que yo le sirvo. Ángel en mi cabeza, nuestros nombres en el corazón, en el de papá molesto. Nada; papá no dice nada. Papá no habla. Papá como siempre se sentó en el comedor, roe la comida, mi madre tontamente le pregunta qué ha pasado. Él no tiene fuerzas para molestarse. Tío Samuel lo amenazó: es preciso vender el camión. El rostro de mi madre se ilumina: papá no saldrá a la costa. Pero no lo dice; ella pregunta motivos como si le interesara, pide explicaciones intentando comprenderlo todo. Papá come con el silencio de las vacas. No ha soltado palabra.

Papa came home with his feet wrapped in mud. Work, the work of mud, the mud of work. Papa works is like saying Papa and mud. Papa and rages: Papa spells Angel with his lips, Mama cooks, Papa waits, Papa and sweat streaming down his head. Papa waiting. Papa drinks the water I serve him. Angel in my head, our names in the heart, in Papa's angry heart. Nothing; Papa doesn't say anything. Papa doesn't speak. Papa like always sat down in the dining room, he gnaws at the food, my mother foolishly asks him what's happened. He doesn't have the strength to get angry. Uncle Samuel threatened him: we have to sell the truck. My mother's face lights up; Papa won't leave for the coast. But she doesn't say it; she asks about the reasons for this as if she were interested, she asks for explanations trying to understand it all. Papa eats with the silence of cows. He hasn't said a word.

La madre de Persa ha pedido una suma en grande. Le ha dicho a mamá que es obra suya lo de la venta. No ha garantizado nada. Los frutos y las semillas no serían suficientes. Será capaz de esperar meses, mi padre no se perderá en el bosque. Aún sin los trabajos mi padre jamás se perdería. Mamá lo sabe de sobra, y por si acaso, tiene atado a la cintura un listón azul y enciende varitas de olor durante las noches.

Persa's mother has asked for a large sum. She has told Mama that all this about the sale is her work. She hasn't guaranteed anything. Fruit and seeds won't be enough. She can wait for months; my father won't get lost in the woods. Even without the work my father would never get lost. Mama already knows this and, just in case, she wears a blue ribbon tied to her waist and lights incense at night.

Pensativo, mi padre, ha dispuesto que vendrá tía
Saura. Teme que la abuela muera pronto. Y dónde
buscar, dijo mi madre temblando. En cada piedra de
ser preciso. Dan ganas de reír por la determinación,
pero más por lo inútil del intento. Mamá se puso
nerviosa, nada le gustaría más que recibir a mi tía con
uno de sus vestidos puestos. Pero no para molestar,
apenas demostrarle que la lleva siempre en el cuerpo;
tonterías, mamá no se probó los vestidos. Los
contempla a escondidas, abre una rendija del ropero y
los observa de arriba abajo, no encontrará el momento
preciso para usarlos. Tía Saura bien resguardada en el
ropero. Los tobillos cubiertos por un olán negro, un
haz de luz los atraviesa cuando mamá entreabre el
armario y sólo los mira, y mira a tía Saura anciana
bajo un portal sobre el que cae el sol, lanzando granos
a las aves que bajan, comen y se van; y tía Saura con
el pelo aliñado y la cara arrugada, las manos enjutas,
los pies cubiertos con una frazada, en medio del patio,
imaginando a mamá abriendo una cómoda y
contemplando sus vestidos negros.

Tía Saura se marchó de pronto. Una eternidad
para mi madre. Antes de mí y después de mí,
conmigo, pasaban las tardes bajo la araucaria. Mamá
le alisaba el pelo mientras tía Saura fingía dormir; le
frotaba la cabeza y pasaba sus dedos entre el cabello
que a la tía le llegaba a la cadera, mi madre con

Pensive, my father, has decided that Aunt Saura should come. He's afraid Grandma will die soon. And where to look for her my mother said trembling. Under every rock to be precise. You want to laugh at the determinedness, but even more for the futility of the attempt. Mama got nervous, nothing would please her more than greeting my aunt wearing one of her dresses. But not to annoy her, just to prove to her that she always carries her on her body: nonsense, Mama didn't try on the dresses. She looks at them when no one can see her, she opens the wardrobe a crack and looks at them from top to bottom, she won't find the right moment to wear them. Aunt Saura safely stored away in the wardrobe. Her ankles covered by a black ruffle, a shaft of light goes through them when Mama half opens the chifforobe and just looks at them, and looks at an elderly Aunt Saura at the front gate on which the sun is falling, throwing grain at the birds that swoop down, eat and fly away, and Aunt Saura with her well-combed hair and her wrinkled face, her withered hands, her feet covered by a blanket, in the middle of the patio, imagining Mama opening a chest of drawers and staring at her black dresses.

Aunt Saura left all of a sudden. An eternity for my mother. Before me and after me, with me, they spent the afternoons under the araucaria tree. Mama would smooth her hair while Aunt Saura would

caricias le hablaba de su talle gracioso. Saura sólo sonreía y le preguntaba a ratos si creía posible el regreso del amor pero mi madre, negando la atención a sus palabras, le hablaba de cosas que no son. Fue la tía quien se empeñó en lo contrario y de repente se olvidaron de charlar. Asustadas, una de otra, tía Saura huyó una tarde en un camión de chatarra. Eso dijeron las voces, nosotros la esperábamos cada día, mi abuela dentro de la jaula, mi madre bajo el árbol, mi abuelo en el jardín con la cara al cielo, mi padre en el sofá tarareando una canción.

pretend to sleep; she rubbed her head and drew her fingers through my aunt's hair that reached her hips, my mother with caresses spoke to her of her graceful waist. Saura just smiled and asked her once in a while if she thought love's return was possible, but my mother, denying any attention to her words, spoke to her of things that don't exist. It was my aunt who insisted on the contrary and suddenly they forgot to talk. Frightened, one of the other, Aunt Saura ran away one afternoon in a scrap hauling truck. That is what the rumors said, we waited for her every day, my grandmother inside the cage, my mother under the tree, my grandfather in the garden with his face pointing to the sky, my father on the sofa humming a song.

Tío Samuel enfadado. ¿Para qué el camión?, ¿cuándo el viaje? Fue él quien se negó a acompañar a papá. Tal vez fue una burla. El día anterior mi padre se llenó de aceite de pies a cabeza. Aprendió todo de motores y tenía ya colección de herramientas. Estaba decidido a ir más allá de la montaña, a dejar las vueltas alrededor del pueblo. Mamá planchó su ropa con disgusto y le ordenó los pantalones uno a uno para cada día. Pero bastó una palabra de mi tío para demorar el viaje. ¿Cuánto tiempo más? En el fondo, mi padre sabe que debe esperar, que la abuela no está del todo bien; teme decir la verdad al abuelo, él imagina que un día llegarán de la montaña colmados de cosecha. A papá no le importa ocultar la verdad otros meses, cuchichea con mi madre durante la cena, tan seguro de todo, le habla de rutas trazadas y de lo bien informado que ya está. Temerosa de los viajes ella prefiere la calma del patio, ¿y Samuel? Ya no está seguro. No de perder lo que ya tiene por lo que ni siquiera ha visto, lo del camión fue su idea, a papá jamás se le hubiera ocurrido. Y, de pronto, papá entre palmeras, en medio de la carretera cristalina, agua y agua, verde alrededor, por lo menos una sola vez, por eso aceptó.

Uncle Samuel angry. What was the truck for? When the trip? It was he who refused to accompany Papa. Maybe it was a joke. The day before my father got covered with oil from head to foot. He learned everything about motors and already had a collection of tools. He was determined to go beyond the mountain, to stop the rides around town. Mama ironed his clothes sullenly and arranged his pants one by one for each day. But it took just one word from my uncle to delay the trip. How much longer? Deep down my father knows he must wait, that Grandma isn't completely well; he's afraid to tell the truth to Grandpa, who imagines that one day they'll come down from the mountain bringing in the harvest. Papa doesn't care if he has to hide the truth from him a few months more, he whispers with my mother during dinner, so sure of everything, he talks of traced routes and of how well informed he already is. Fearful of the trips she prefers the calm of the patio. And Samuel? He is no longer sure. Not of losing what he already has for something he hasn't even seen, the truck was his idea, Papa never would have thought of it. And, suddenly, Papa among the palm trees, in the middle of a glassy road, water and more water, green all around, at least one time, that's why he agreed.

El profesor me llamaba al escritorio. Me sentaba en sus piernas. Las movía con la punta de sus pies, yo saltaba sin parar. El profesor me toma de las mejillas, aprieta mi nariz y con sus barbas me pica la cara. No puedo más que reír, disfrutar la envidia de los otros. Sólo con Nara lo comparto, ella en una pierna, yo en la otra. Todos nos observan con asombro, incapaces de cambiar el frente del profesor por el costado. Pero no sucede todo el tiempo, tan sólo durante las consultas. ¿Es así como debe ser?, ¿va bien? Ni si quiera soy yo. Es el cuaderno, la hoja blanca que a poco se llena de números y letras, de los manchones de la tinta roja del profesor, donde cada línea me sirve de pretexto para posarme a su lado. Nara acude por mí, le importa más superar la perfección de mis trazos, el profesor le tiene sin cuidado, pero fue capaz de soportar el roce de las barbas en su piel, antes que estar unos minutos sin saber que va tan bien como yo, aunque nunca mejor.

The teacher called me to the desk. He sat me down on his lap. He moved his legs with the tips of his feet, I bumped up and down without stopping. The teacher holds me by the cheeks, he squeezes my nose and with his beard he scratches my face. I can't help but laugh, enjoy the envy of the others. I only share him with Nara, she on one leg, I on the other. Everyone watches us astonished, incapable of changing the front of the teacher for the side. But it doesn't happen all the time, just when we ask him to check our work. Is that the way it should be? Is this right? It's not even me. It's the notebook, the white page that little by little gets filled with numbers and letters, with the teacher's red ink stains, where each line gives me the excuse to go up to his side. Nara comes up for me, it's more important to her to beat the perfection of my handwriting, she doesn't care about the teacher, but she'd rather stand the scratching of his beard on her skin than to ever be a few minutes without knowing if she is doing as well as I do, although never better.

No lo sabe nadie, ¿hay algo qué saber? El profesor me da de besos cuando termina la lección.

No one knows it. Is there something to know? The teacher gives me kisses when the lesson's over.

Ángel se sienta frente a mí durante la clase, si escribo o hablo, no dejará de mirarme. Nara lo vigila todo. Le gusta, entonces, ¿nos gusta? He visto como lo mira, y para negarlo se burla, repite lo que otros: él tiene algo que me pertenece, de algo importante me despojó. Yo tirito. Acepté el collar casi por miedo. A la hora de la salida la calle estaba desierta y el sol quemaba: yo iba en medio del camino, saltaba de piedra en piedra con la mochila en las manos. Un susurro. Tal vez mi nombre. Un silbido. Enseguida volteé, de lejos inclinaba la cabeza; quedé inmóvil y él pasó corriendo, ¿frente a mí?, ¿a mi costado? Me tomó la mano y me dejó el collar. Y permanecí en medio de la calle, empuñando una sarta de perlas, temiendo el qué dirán. Caminé a prisa sin volver el rostro, petrificada. Fue al llegar a casa cuando abrí la mano. Conté las perlas muchas veces, me probé el collar, me levantaba el pelo, de frente y de perfil en el espejo; y hasta planeaba usarlo con la ropa nueva. Aún sigo pensando en lo que me habría robado.

Angel sits in front of me in class, if I write or speak, he will not stop staring at me. Nara watches all of this. She likes him, then, do we like him? I have seen how she looks at him, and to deny this she teases me, she repeats what the others are saying: he has something that belongs to me, he took something away from me, something important. I shudder. I accepted the necklace almost out of fear. At the end of the school day, as we were leaving, the street was almost empty and the sun burned: I was walking in the middle of the road, jumping from one rock to another one with my backpack in my hands. A whisper. Maybe my name. A whistle. I turned around right away, from a distance he bent his head; I stood completely still and he ran past me. In front of me? At my side? He took my hand and he left me the necklace. And I stood still in the middle of the street, holding a string of pearls in my fist, fearing what the others would say. I hurried off without turning my head, petrified. It was when I got home that I opened my hand. I counted the pearls many times, I tried the necklace on, I lifted my hair, straight ahead and in profile in the mirror: and I even planned to wear it with my new clothes. I still think about what he might have stolen from me.

Mi madre soltó sus cabellos. Soy yo la única que lo ha notado. Mi padre apura la sopa sin voltear. Mi madre soltó su cabello para mí. El perfume me llega a la punta de los labios y he ganado el apetito. Algo tiene mi madre, o mi madre tiene algo: su pelo es crespo, rizado, dice la abuela, porque suena mejor. Los borregos tienen pelos crespos, rizados aunque parezca extraño, el pelo de mi madre es casi de borrego. Y que no escuche. El borrego soy yo, dice mi madre. El borrego gime y todos lo hacen. Los niños van a la calle y quiero ir tras ellos. A saltar como cabra, dice mi padre que no. Cabras y borregos son aquí todos lo mismo. Los borregos que no tienen lana son tan parecidos a las cabras. Cabra con apariencia de borrego, borrego que semeja cabra y no lo es. Borrego mi padre que salió tras de Samuel a probar el camión. Aún es el mismo reproche. No hacía falta un camión en esta casa. Pero esa es la opinión de mi madre que ni a palos pondrá un pie en el armatoste. Ada y el tío ya han recorrido los alrededores. Mi padre molesto porque traspasaron los lindes del pueblo. Mamá burlona ha sugerido que la tía sentó sus enormes caderas en el volante, que abanicaba su rostro y veía con seño altivo a los transeúntes que merodeaban. Mamá mueve la cabeza y revira los ojos tan sólo de imaginarla ridícula y feliz. Es mi padre quien realmente se indigna: no era un lujo esa inversión.

My mother let down her hair. I'm the only one who noticed it. My father hurries to finish his soup without turning to see. My mother let down her hair for me. The perfume reaches me at the tip of my lips and I have become hungry. Something has my mother, or my mother has something; her hair is frizzy; curly Grandma says, because it sounds better. Sheep have wooly, frizzy hair, although it might seem strange: my mother's hair is almost a sheep's. And that she not hear this. I am the sheep, my mother says. The sheep cries out and all of them do it. Boys go out on the street, and I want to go out after them. To jump like a goat, my father says no. Goats and sheep are all the same here. The sheep that don't have wool are so like the goats. A goat with the appearance of a sheep, a sheep that looks like a goat and isn't one. Sheep, my father who went out after Samuel to try out the truck. It is still the same reproach. We didn't need a truck in this house. But that is my mother's opinion that even if she were beaten she wouldn't set one foot in that beast. Ada and my uncle have already driven through all the surroundings. My father annoyed because they went past the outskirts of the town. Mama mocking has suggested that my aunt sat her enormous hips at the wheel, that she fanned her face and looked with a snobbish expression at the passersby that hung about there. Mama shakes her head and rolls her eyes just to

Pero los planes de la costa demoraron tanto que a papá no le quedó más remedio que dar vueltas por el pueblo los días siguientes, si a caso subir a la montaña, si acaso limpiar y engrasar el camión, su molestia bajó tanto de tono que invitó a mamá a pasear, pero ella, a quien ya casi nada la pone feliz, dijo sonriendo que lo haría después. Mi padre sabe que no llegará el día en que mi madre observe el mundo desde lo alto de dos metros. No hay nada que hacer ante la negativa, para compensar el rechazo me llama pero los trabajos de la casa nunca han de coincidir con los arrebatos de papá. Y mi madre dice que debo terminar de lavar, y mi padre huye, enciende el camión y con el ruido se aleja. Mamá escudriña la ventana, por un orificio intenta retenerlo con la mirada. En su mano izquierda empuña un listón, al poco rato ata sus cabellos.

imagine her so ridiculous and happy. It is my father who is truly indignant: this investment wasn't a luxury. But the plans about the coast were delayed so much that Papa had no other choice but to drive around town the following days, at least to go up the mountain, maybe to clean and oil up the truck, his annoyance decreased so much in its tone that he asked Mama to go out on a drive with him, but she, who now couldn't be made happy with anything no matter what, said smiling that she'd do it later. My father knows that the day will never arrive when my mother looks at the world from the height of two meters. There is nothing to do with this refusal, to compensate for the rejection he asks me, but the household chores will never coincide with Papa's outbursts. And my mother says that I have to finish doing the wash, and my father runs out, turns the truck's motor on and with the noise drives off. Mama scrutinizes the window, through a hole she tries to retain him with her gaze. In her left fist she holds a ribbon, in a little while she ties up her hair.

El abuelo y las sospechas. El abuelo tiene ganas de subir a la montaña. El abuelo quiere ver desde lo alto las espigas que se mecen con el viento como olas. Una vez más, lo dijo entre murmullos a la abuela. Ella finge escucharlo, quiere evitarle una vergüenza. No más grande que aquella en que lo perdió todo: el abuelo en la montaña trató de apagar el fuego con una manta. Es lo único que no ha olvidado y sus ojos se rasan de lágrimas, desde entonces tiene por cierto que acudir allá en tiempo de cosecha le devolverá los recuerdos. Entonces yo estaba en el vientre de mi madre. Al abuelo y a mí nos han contado la misma historia, a mí no me queda más remedio que creerla, él sigue desconfiando de todos. Mi padre es el único que reprocha, lo pensó capaz de fingirse perdido en el afán de olvidar el trabajo. Es una infamia esa opinión, protestan todos cuando lo escuchan; el abuelo lo desmiente bien con sus labores incansables de jardinería. Mi padre en el fondo detesta haber tomado su lugar, dirigirlo todo desde entonces y ser culpado también por lo que pasa, por el tiempo escaso de las lluvias, por las semillas que mueren antes de nacer, por ser el ejemplo de mi tío. Sólo recuerda lo que le importa, refunfuña mi padre a la hora de la cena, molesto por los consejos de siembra que a veces le da el abuelo. Y mi padre, casi cruel, le cuenta a mamá cuando lo encontró: la ropa hecha jirones por el fuego,

Grandpa and suspicions. Grandpa feels like going up the mountain. Grandpa wants to see from on high the wheat spikes swaying in the wind like waves. One more time, he said it between murmurs to Grandma. She pretends to listen to him, she wants to spare him the embarrassment. Not one as big as that one time when he lost everything: Grandpa on the mountain tried to put out the fire with a blanket. It's the only thing he hasn't forgotten and his eyes fill with tears, since then he is certain that going there in harvest time will bring back his memories. I was in my mother's tummy then. They have told the same story to Grandpa and me, I have no other choice than to believe it, he still doesn't trust anyone. My father is the only one that reproaches him, he thought him capable of pretending to be lost in an attempt to forget about work. That opinion is slanderous, everyone says when they hear it, Grandpa proves that it's a lie with all the work he does in the garden. Deep down my father hates having to take his place, to manage everything since then and to also be blamed for what happens, for the paltry rainy season, for the seeds that die before they sprout, for being the example for my uncle. He only remembers what he cares about, my father grumbles at the dinner hour, annoyed by the sowing advice that Grandpa sometimes gives him. And my father, almost cruel, tells Mama about when

hundido entre las cenizas, repitiendo su nombre como un loco, y la llanura de terciopelo negro traspasando el alcance de sus miradas.

Ha intentado volver muchas veces. Nosotros desde el patio lo observamos tomar el camino. A nadie se lo ha confesado pero teme ir solo, a veces, a punto de perderlo de vista, su silueta aparece otra vez entre los arbustos, de regreso a casa. A veces miente diciendo que sólo va al río, y para que todos lo creamos vuelve con el pelo mojado. Le ha dicho a la abuela que allí recuperará la memoria, ella opina que teme olvidar el regreso y apenas ve el río sabe que es en casa donde debe estar, a nadie ha pedido compañía, dice mi abuela que ha de ir solo a descubrir cómo pasó. Mi padre que lo conoce bien no se inmuta, alega que el abuelo nunca irá más allá de la rivera, tantos años esperando le dieron a mi padre el valor de engañarlo: el mar es un sueño de tontos, papá sólo quiere conocer los caminos. Irme, lo dijo en un murmullo, para desear quedarme.

Papá no aprende de los abuelos, contadas son las veces que han salido. La abuela presume que lo ha visto todo, que la gente es igual en todas partes, que el mundo no ha de ser entonces distinto. Mi padre dice que sólo importa el viaje y el regreso. Y poder recordarlo es lo único que ya le falta.

he found him, his clothes ripped to rags by the fire, sunk in the ashes, repeating his name like someone crazy, and the prairie of black velvet stretching far beyond the reach of their eyes.

He has tried to return many times. From the patio we watch him take the path. He hasn't confessed it to anyone, but he is afraid to go there alone, sometimes, to the point of losing sight of him, his silhouette appears again among the bushes, on the way back home. Sometimes he lies saying that he is only going to the river, and so that all of us will believe him he comes back with his hair wet. He has told Grandma that he will recover his memory there and as soon as he sees the river he realizes that it is at home that he should be, he hasn't asked anyone to accompany him, my grandmother says that he probably goes there alone so he can discover how it happened. My father, who knows him well, doesn't react, he argues that Grandpa will never get past the riverbank, so many years waiting gave my father the courage to mislead him: the sea is a fool's dream, Papa only wants to know the ways there. To go, he said it in a low voice, to want to stay where I am.

Papa doesn't learn from my grandparents, there have only been a few times that they've left. Grandma brags that she has seen it all, that people are the same everywhere, that the world then can't be that

Es la abuela el gran pretexto para que todos se queden donde están. Para que el abuelo mienta y alegue que ir a la montaña lo obligaría a dejarla sola mucho tiempo, para que tío Samuel se arrepintiera del viaje, para que papá sólo se queje en silencio. A nosotros nos dice que sólo una semana, que nada sucedería en una semana; cuando mi madre lo escucha cierra los ojos asustada, luego le dice que todos tienen razón y nada le cuesta esperar la mejoría de la abuela. Pero la abuela empeora, ahora empieza a perder la voz. A veces responde con balbuceos y de pronto sólo mueve el rostro. Bien recuerdo cuando dijo que ya sus palabras sólo serán esenciales, que no dejará ir la voz con las sandeces. Mi madre burlona alegó que esa es una decisión tardía, hemos hablado tanto que el silencio no podría ser ya confiable. Afortunadamente mi abuela puso oídos sordos al comentario, o tal vez, para negar la opinión de mamá, no respondió.

Sin memoria y sin voz la casa de los abuelos ya no existe. El que recuerda no habla y el que habla olvidó: hace varios días dijimos adiós a las historias que se contaban bajo el abeto. A todas menos a una: tía Saura lejos. A la abuela y a mí madre les vienen lágrimas. Papá aún está molesto y el abuelo imagina que también debe estarlo. Son poco los sueños: el abuelo en el sembradío, la abuela con tía Saura de la mano. Es bueno partir para que sea el regreso un

different. My father says that it's only the trip and the return that is important. And to be able to remember it is the only thing that he's now missing.

Grandma is the big excuse now for everyone to stay where they are. For Grandpa to lie and to claim that going to the mountain would force him to leave her alone for too long, for Uncle Samuel to think twice about the trip, for Papa to just complain in silence. He tells us just for a week, that nothing would happen in a week, when my mother hears him she closes her eyes, frightened, later she says that everyone is right and that it wouldn't cost him anything to wait for Grandma to get better. But Grandma gets worse, now she begins to lose her voice. Sometimes she responds by babbling and suddenly she only moves her face. I remember well when she said that her words will only be essential, that she won't let her voice go with foolish talk. My mother mocking said that that was a decision she'd made too late, we have talked so much that silence could not be trustworthy anymore. Fortunately my grandmother paid no attention to that comment, or maybe, to refute Mama's opinion, she didn't answer.

Without a memory and without a voice my grandparent's house no longer exists. The one that remembers doesn't talk and the one who talks has forgotten it all: several days ago we said goodbye to the stories that were told under the fir tree. To all but

regalo que codician, ya no pregunto qué pérdidas acontecen en la distancia. Mamá gustosa me explicaría. Mamá piensa, aunque no me lo dirá, en el día en que ella y la tía estuvieron sentadas en el jardín, y mamá y su cara roja, inconfundible. Tía Saura tendió su mano sobre el vientre de mi madre, lo frotaba una y otra vez cariñosamente, ella en una actitud asustada poco a poco empezó a reír y a jadear. Fue ese instante ya lejano una curiosa despedida. Cuando todo sucedió, mi madre sollozaba restregando su vientre pero bajo el vientre de mamá ya no pasa nada, sólo a veces las cosquillas.

one: Aunt Saura far away. Grandma and my mother start crying. Papa is still angry and Grandpa imagines that he should be angry too. Dreams are few: Grandpa in the sown field, Grandma holding Aunt Saura's hand. It's good to leave so that the return be a gift they long for, I no longer ask which losses happen in the distance. Mama would be glad to explain this to me. Mama thinks, although she won't tell it to me, in the day in which she and my aunt were sitting in the garden, and Mama and her red face, unmistakable. Aunt Saura laid her hand over my mother's belly, she rubbed it again and again tenderly, Mama in a frightened attitude little by little began to laugh and to pant. That now far away instant was a strange farewell. When it all happened, my mother sobbed, stroking and rubbing her belly but under Mama's belly nothing ever happens any longer, sometimes just the tickles.

Papá lo supo de sobra, él culpa a la tía por la maldición. Papá desea un hijo tan parecido a él y ve a mi primo merodear cerca y al tío Samuel, que lo alza en brazos, reír a carcajadas por sus caprichos. Y entre nubes de polvo papá me observa saltar bajo una cuerda, sonríe y, de la nada, me ordena entrar a la casa. Desde la ventana veo a mi primo revolcarse entre la arena y hacer burbujas de saliva al imitar el sonido de un remolque. El tío mueve la cabeza y vuelve a reír. Emilio camina en cuclillas con un cochecito en la mano izquierda y en esa posición se va; en el cochecito está mamá, la tía Saura y yo, sonreímos a gritos por el mareo, felices las tres nos alejamos de casa. Yo voy en medio, la tía me abraza y a mamá le da besos en el oído, tomamos un camino lleno de palmeras y el viento cálido nos roza el cuerpo.

Papa knew all about it, he blames my aunt for the curse. Papa wants a boy that looks like him and he sees my cousin wandering about nearby and he sees Uncle Samuel, who lifts him in his arms, laugh out loud at his whims. And among the clouds of dust Papa watches me with my jump rope, he smiles and out of nowhere he tells me to go in the house. From the window I watch my cousin roll around in the sand and make spit bubbles imitating the sound of a trailer. Uncle shakes his head and laughs again. Emilio squats down and moves his little car in his left hand and in this position leaves: in the little car Mama, Aunt Saura and me, we smile shouting because of how dizzy we are, the three of us happy, we drive far away from home. I'm in the middle, my aunt hugs me and gives Mama kisses on the ear, we go down a road full of palm trees and the warm wind caresses our bodies.

Viento del norte que me lleva, viento del norte que la trajo, viento de la tarde que me llevó al umbral de ese patio. Persa me invitó tantas veces, las mismas que me negué, todo por Nara. Ella dice que esa familia es un peligro, que es un castigo no ser de ningún sitio. Que se vaga de un lugar a otro por alguna condena pues la tierra que pisan los expulsa en seguida. De alguien escuchó esa historia y temía merodear la carpa por miedo a que la raptaran. Alegué que el padre es el más sonriente de estos lugares, y lo demás no cabía en lo cierto; no sé si Nara me creyó o si fueron sus ganas de espiar las que la hicieron acompañarme.

La carpa estaba completamente cerrada, nosotras al pie de la calle, como yo lo había estado tantas veces. Una cortina se extendió y desde el camino vimos como en un relámpago el cuarto solitario con algunas cobijas en el suelo; con el brazo en lo alto un hombre alzaba el telón: el padre de Persa sin camisa y con un libro en la mano intentaba reconocernos. Yo incliné la cabeza y Nara dijo que buscábamos a su hija porque habíamos planeado jugar esa tarde. Él, con una sonrisa, dijo que no tardaría en llegar. Por el orificio que se abrió entre el hueco de su brazo la madre de Persa asomó su cabeza, cariñosamente preguntó por nuestros padres. Yo respondí que esperaban en casa. La señora se reclinó sobre el cuerpo del hombre que seguía con la mano en

North wind that takes me, north wind that brought her, afternoon wind that took me to the entrance to that patio. Persa had invited me so many times, and every time I said no, all because of Nara. She says that that family is dangerous, that it's a punishment not to be from any place. That people move from one place to another because of some curse, because the earth that they step on expels them right away. She heard that story from someone and was afraid to hang around the tent out of fear that they would kidnap her. I argued that the father is the one who smiles the most in this place and that the rest didn't fit into the truth; I don't know if Nara believed me or if it was her wanting to spy on people that made her come with me.

The tent is completely closed, we're at the end of the street, like I'd been so many times. A flap was drawn open, and from the road we saw as if in a flash a solitary room with some blankets on the floor; with his arm stretched up a man lifted the stage curtain: Persa's father, shirtless and with a book in his hand, tried to recognize us. I bent my head and Nara said that we were looking for his daughter because we'd planned to play with each other that afternoon. He, with a smile, said that she wouldn't take long to get there. Through the gap left open under his arm Persa's mother stuck out her head, she asked affectionately

lo alto y nosotras observamos con temor las caricias suaves de la mujer perdiendo sus dedos entre el vientre velludo del hombre, y cuando él bajó su mano y la cortina les cayó sobre el cabello, abrazados los dos nos hicieron preguntas: la edad, la escuela, el tiempo de conocernos, la familia. Y la mujer no dejaba de verme de pies a cabeza, yo no podía decir nada que ella no supiera de sobra, y su mirada fue la forma de descubrirme poco a poco, yo decía mamá y mi blusa caía al suelo, y decía papá y mi pantalón se deslizaba sobre las piernas, y decía los abuelos, Luna y la tía, y estaba yo completamente desnuda. Y dije Persa de pronto y mi rostro se puso de colores y un hormigueo me sacudió el cuerpo, luego la risa y las ganas de correr despojada de todo; al fin pude hablar con audacia, y Nara que nos veía inquieta se quedó en una mudez de piedra. Cansados tal vez de aquella charla dijeron que Persa no tardaría, se despidieron, y al volverse, la cortina cayó por completo sellando la carpa. Nara y yo no podíamos evitar ver la tela ondular con el viento y clavamos los ojos como si la mirada pudiera penetrar por la rendija. Después de un rato de espera decidimos volver, pero al tomar el camino vimos a Persa caminar hacia nosotras. Yo jalé a Nara del brazo para detenerla y mi corazón dio un vuelco por la inminencia del encuentro. Cuando Persa se acercó nadie decía palabra hasta que yo murmuré

for our parents. I answered that they were waiting at home. The lady leaned on the man's body that still had his hand up high and we observed fearfully the soft caresses of the woman letting her fingers disappear in the man's hairy belly, and when he lowered his hand and the curtain fell on their hair, the two embracing asked us questions: our age, about school, how long we had known each other, our families. And the woman didn't stop looking at me from head to toe, I couldn't say anything that she didn't already know all about, and her gaze was her way of discovering me little by little, I said Mama and my blouse fell to the ground, and I said Papa and my pants slid down my legs, and I said grandparents, Luna, my aunt and I was completely naked. And I said Persa suddenly and my face turned colors and a tingling shook my body, finally I could speak with audacity and Nara who watched us anxiously remained in the muteness of a stone. Tired, perhaps, of that talk they said that Persa would come soon, they said goodbye and when they turned the curtain fell down completely sealing the tent. Nara and I could not avoid seeing the tent wave with the wind and we stared and stared as if our gaze could penetrate the opening. After a while waiting we decided to go back, but as we started down the road we saw Persa walking towards us. I pulled Nara by the arm to stop

que estábamos allí para jugar, ella sonrió y sólo nos pidió seguirla; cruzamos el patio y sin entrar a la tienda gritó a sus padres que había llegado, nadie respondió. Nara y yo nos miramos asustadas imaginando a sus padres confabulando los planes del rapto, tantas cosas.

Y corriendo tras un balón, que tenía trazado el mundo, la tarde rodó sobre nosotras; se pinchó el sur, y el agua y la tierra se plegaron en el mismo punto: el juego acabó. Se fugaron las horas pero la despedida fue sólo la certeza feliz de otro encuentro.

Nara me acompañó a la puerta de mi casa y en una complicidad que ya habíamos perdido me lanzó una sonrisa para decir que esperaba ya todos los días.

her and my heart started jumping knowing we were about to meet. When Persa got close no one said a word until I murmured that we were there to play, she smiled and only asked us to follow her; we crossed the patio and without going into the tent she shouted to her parents that she had come home, no one responded. Nara and I looked at each other frightened, imagining her parents making up kidnapping plans, so many things.

And running after the ball that had the world traced on it, the afternoon rolled over us; the south got pierced, the water and the earth folded over each other at the same spot: the game stopped. The hours leaked out, but the farewell was only the happy certainty of another meeting.

Nara went with me to the door of my house and in a complicity that we'd already lost she hurled a smile at me to tell me that she would wait now every day.

Aquella tarde de ventarrones sólo mi madre notó mi
ausencia, una montaña de trastos me esperaba y antes
que eso mamá con un zapato entre las manos. La
suela se pintó en mis nalgas como un sello de goma,
entre sollozos mi padre me encontró lavando.

Dos tinas como ojos

llenas de agua:

el reflejo del mundo

en esos huecos,

la mitad de mi cuerpo

reflejado y roto,

en el ahogamiento de cucharas,

cada tanto,

ese tintineo del tiempo

agotando la infancia.

That gusty afternoon only my mother noticed my absence, a mountain of dishes waited for me and before that Mama with a shoe in her hands. The sole made a mark on my bottom like a rubber seal, my father found me sobbing as I washed the dishes.

Two buckets like eyes

full of water:

the reflection of the world

in those holes,

half my body

reflected and broken,

in the drowning of spoons,

now and then,

that ringing of time

using up childhood.

Muchas historias dichas a voz alta ocurrieron esas tardes.

Many stories told out loud happened those afternoons.

Mi padre aprendió pronto de negocios, consiguió que la gente del pueblo pida sus servicios. El tío se ufana por la buena idea del camión. Mi padre se siente útil aligerando la carga de quienes deben bajar las cosechas desde la montaña, mi tío hizo alarde de tanto trabajo y se aprovecha de la urgencia de los otros, sabe que la lluvia puede echar a perderlo todo, que los demás los necesitan justamente a ellos. Viajan juntos, suben y bajan muchas veces con el camión colmado de semillas, y en cada esquina del cajón se asoma la cabeza de los cargadores. Mi padre y mi tío tan sólo contemplan la labor apurada de los trabajadores, los sudorosos sin camisa, con sacos de semillas a los hombros como hormigas, que poco a poco conforman la montaña de alimento. Alimento de cerdos, alimento nuestro. El tío grita con molestia que deben apresurarse, los llama flojos, los llama inútiles y papá se retira a contemplar de lejos la tarea, sabe que sus palabras no conseguirán apurar los trabajos, y espera con entereza que todo termine. Mi tío impaciente los insulta, sería capaz de hacerlo él mismo, calcula el tiempo perdido y las veces que no subirá a causa del retraso; también mi padre sabe que cuando las lluvias cesen la gente preferirá bajar la semilla sobre el lomo de caballos, pero tampoco le importa.

Este año el pueblo ha tenido éxito, y el tío Samuel para cubrir las apariencias frente al abuelo busca

My father learned about business quickly, he got the townspeople to ask for his services. Uncle prides himself on the good idea about the truck. My father feels useful lightening the load of those who must bring their harvests down from the mountain; my uncle brags about having so much work and takes advantage of the urgent needs of others, he knows that the rain can make everything rot, that the rest of the town needs exactly them. They travel together, they go up and down many times with the truck full to the brim with seeds, and in each corner of the truck's bed the head of one of the workmen peeks out. My father and my uncle just watch the hurried work of the laborers, sweaty and shirtless, with sacks of seeds on their shoulders like ants, that little by little form the mountain of food. Food for the pigs, our food. Uncle shouts angrily that they must hurry, he calls them lazy, he calls them useless, and Papa moves away to watch the task from afar, he knows that his words will not make the work go faster and calmly waits for them to be done. My impatient uncle insults them, he'd be able to do it himself, he calculates how much time is lost and the trips back and forth he won't be able to take due to the delay; my father also knows that when the rains end people will prefer to bring the seeds down on horseback, but he doesn't really care. This year the town has been successful, and Uncle

tomar ventaja. Ya ofreció nuestro granero como almacén, y más de uno ha dicho que sí. Papá lo apoyó de inmediato y se sorprende también del beneficio que nos ha traído el pillaje. Dijo a mamá que la gente no baja sus cosechas a causa de la lluvia sino de los robos, dijo que el abuelo no se enterará que construyó el granero para llenarlo con el trabajo de otra gente. No es la única bodega en el pueblo pero las otras están repletas, mi padre animado nos cuenta cómo una a una ellos las han llenado.

El patio de mi casa es un camino de peatones. Jóvenes y viejos van y vienen ayudando en la descarga. Observo desde mi ventana el pecho desnudo de los hombres que alzan bultos de un lado a otro. Mi primo al pie de la bodega aprende de memoria las tareas. Nadie me ha prohibido salir y me parece que no debo hacerlo, de reojo los que pasan clavan sus ojos en la ventana, yo intento sonreír ante la novedad del espectáculo.

También mi madre se oculta de las miradas y teme asomar la cabeza hacia los otros. El problema llega a la hora de la comida. Mi padre nunca espera el llamado de mamá, tiene un horario preciso pero tanto bullicio lo hace olvidarlo y mi madre debe insistir. Para que comprendamos que él tiene las últimas palabras, sólo inclina la cabeza y entra a casa mucho después. Mi madre reprocha que debe reiniciar el

Samuel to cover appearances in front of Grandpa tries to take advantage. He already offered our barn as a warehouse, and more than one person has said yes. Papa supported this idea immediately and is also surprised at the benefit that thievery has brought us. He told Mama that the people don't bring their harvests down because of the rains but because of the thefts, he said that Grandpa won't find out that he built the barn to fill it with the work of others. It is not the only warehouse in town, but the other ones are full, my father, delighted, tells us how one by one they have filled them.

The patio of my house is a path for people walking. Young and old come and go, helping unload the truck. I watch from my window the naked chests of the men that lift burdens from one side to the other. My cousin at the end of the warehouse learns their tasks by heart. No one has told me I can't go outside, and it seems to me I shouldn't do it, with a sideways glance those who pass by fix their eyes on the window, I try to smile before the novelty of the spectacle.

My mother also hides from their gaze and is afraid to stick her head out towards the others. The problem arrives when it's time for meals. My father never waits for Mama's call, she has a specific schedule, but all the hullabaloo makes him forget it

fuego, pero mi padre sabe que esa es la obligación; no contesta pero lo sigue haciendo cuantas veces le da la gana. Mamá asegura que él nunca tiene hambre, y que todos sus caprichos son tan solo para hacerse el impredecible, pero a papá lo conocemos de sobra.

Mi madre necesita una tropa tan sólo para papá, y la tropa soy yo. Un día todo valió la pena. Papá estaba sentado sobre un saco, un grupo de hombres lo rodeaba. De repente vi a Ángel en un extremo, se inclinaba como si algo buscara. Sólo toqué el brazo de papá y mencioné la comida. Ángel levantó la vista y me sonrió; yo temí que papá lo hubiera notado, dijo casi despidiéndome que acudiría en seguida, y le devolví una sonrisa esperando que Ángel la hiciera suya. En casa di vueltas de un lado a otro. Mamá me gritaba desde la cocina pero yo no me alejé del ventanal, por un orificio lo observé hasta que se fue.

and my mother must insist. In order that we understand that he has the last word, he just nods his head and he comes into the house much later. My mother complains that she has to light the fire again, but my father knows that that is her obligation; he doesn't answer but he continues doing this as many times as he wants to. Mama declares that he is never hungry, and that all of his whims are just to play the unpredictable one, but we already know all that about Papa.

My mother needs a troop just for Papa and I am the troop. One day everything was worth the trouble. Papa was sitting on a sack, a group of men surrounded him. Suddenly I saw Angel at one end, he bent down as if he were looking for something. I just touched Papa's arm and told him it was time to eat. Angel lifted his eyes and smiled at me; I was afraid that Papa would have noticed, he said almost shooing me off that he would come right away, and I returned a smile hoping that Angel would make it his. In the house I paced about from one side to another. Mama shouted at me from the kitchen, but I did not budge from the window, through a hole in the curtain I watched him until he left.

La abuela, la abuela. La abuela ya no dice nada. La abuela sigue sin hablar. Entra a la jaula e imita el sonido del pájaro. No es ese el agudo de la avecilla, es un graznido que le sale a la abuela del pecho como de ave de rapiña. El pajarillo ya le teme y fuera de posarse en su hombro clava sus garras en una esquina del alambrado, la abuela alza el brazo con algunas semillas en la mano, el pájaro mira de un lado a otro asustado. Cansada del intento la abuela maldice, luego lleva sus manos a la boca y voltea alrededor temiendo ser escuchada. Yo la observo del otro lado y sólo me río, la abuela tose y carraspea para disimular. Qué más da si quejarse con palabras es lo mismo que con gemidos. Más le valiera el silencio. El verdadero silencio que no es quedarse callada sino no tener realmente qué decir. Silencioso el abuelo diciendo tonterías. Cuenta del uno al cien pero olvida qué sigue. Ciento uno, abuelo. Pero no me cree, piensa que no es posible que los números se repitan tantas veces.

Dicen que el abuelo es un saco vacío. Un saco roto cuando se empeña en memorizar los nombres ¿Para qué? Aprende una palabra nueva cada día, a la semana recordará una de muchas entonces le repito la vieja lista. Dicen que mi tarea es torpe porque el abuelo lo olvida. Ya niega la existencia de las cosas por ignorar su nombre. Para reír se las muestro y él las

Grandma. Grandma. Grandma doesn't say anything anymore. Grandma still doesn't talk. She enters the cage and imitates the sound of the bird. That sound isn't the high sound of the little bird, it's the croak that comes out of Grandma from her chest like from a bird of prey. The little bird is now afraid of her and instead of perching on her shoulder nails its claws into a corner of the cage's wire, Grandma lifts her arm with a few seeds in hand, the bird looks from one side to the other, scared. Tired of trying, Grandma curses, later she brings her hands to her mouth and turns around afraid she's been heard. I watch her from the other side and just smile, Grandma coughs and clears her throat to act like nothing's happened. What does anyone care if complaining with words is the same as with moans. She'd better be silent. The real silence that is not staying quiet but not really having anything to say. Silent, Grandpa talking nonsense. He counts from one to one hundred but forgets what follows. One hundred and one, Grandpa. But he doesn't believe me, he thinks that it isn't possible that numbers can repeat themselves so many times.

They say that Grandpa's an empty sack. A torn sack when he tries to memorize names. For what? He learns a new word every day, at the end of the week he'll remember one of many, then I repeat to him the old list. They say my task's a hopeless one

llama de modo distinto: le dijo a la abuela que vio volar a la jaula, ella lo piensa loco pero a mí me fascina cómo lo mira todo. Eso no le hace daño. No ha olvidado lo esencial: a todos nos reconoce. Es eso lo que más le extraña a papá.

Ya casi no recuerda lo pasado. A veces habla de sus padres, un viejo barbudo y de ojos grises, una mujer que lo parió casi anciana. Mamá también los conoció y me lo ha confirmado. El abuelo recuerda a retazos pero no lo sabe, su memoria es un centón medio mal hecho. Nosotros extrañamos la verdad de su palabra pero a veces son buenos los cuentos, es triste no descender de andantes ni tener historia qué contar. Mis padres y los suyos, y los de ellos y los de los otros, anclados en este lugar, pisamos a diario sus talones, nada nuevo bajo los zapatos.

Yo esperaba que Persa revelara algo, dice que en mi pasado no hay nada. En cambio, puede hablarme de su estirpe hasta el punto en que su sangre se torna de colores. En algún lugar cada generación asentó su historia, ellos van así recogiendo sus pasos. Se sienten muy orgullosos por saber de dónde vienen y tener todo trazado de dónde habrán de llegar. Entre sus andanzas, en un momento al menos, ese largo destino y el tiempo de los míos han coincidido en el

because Grandpa forgets it. He already denies the existence of things because he doesn't know their name. For a laugh I show them to him, and he calls them the wrong words: he told Grandma he saw the cage fly, she thinks he's crazy, but I'm fascinated by the way he sees everything. It doesn't hurt him. He hasn't forgotten the most important things: he recognizes all of us. That's what most surprises Papa.

He almost doesn't remember the past anymore. Sometimes he talks of his parents, an old, bearded man with gray eyes, a woman that had him when she was almost an old lady. Mama also knew them, and she's said he's right. Grandpa remembers by scraps, but he doesn't know it, his memory's a kind of poorly made patchwork quilt. We miss the truth of his word but sometimes the tales are good, it's sad to not be descended from travelers and not have a story to tell. My parents and his, and theirs, and those of the others, anchored in this place, we step on their heels every day, nothing new under our shoes.

I expected Persa to reveal something, she says that there's nothing in my past. On the other hand, she can talk of her line until her blood turns colors. In some place each generation laid down its history, they go along gathering their steps. They feel very proud of

cruce de nuestras miradas, es así que parecía escrito.

knowing where they come from and of having mapped out where they'll arrive. As they traveled, at least at one moment, that long destiny and the time of my people have met and our gazes have crossed, it seems it was written that way.

Mi padre observa a los hombres entrar y salir. Esa calma de los últimos días nos tuvo en vilo. Mi padre cruza el brazo izquierdo y lleva la mano derecha a su boca, en esa postura contempla la montaña de granos que a ratos se derrumba y crece de nuevo. Mi padre mira que los sacos respeten la línea del tope. No es eso lo que en verdad está viendo, sino el tiempo que transcurre con él allí de pie, el tío Samuel no para de hablar, va de un lado a otro y ofrece su ayuda. Mi padre disimula bien su impaciencia en esa actitud contemplativa, dijo a mamá que vacío o lleno el granero es exactamente lo mismo, ya le parece una pérdida de tiempo este empleo. Sabe que deberá estar pendiente por si a alguien se le ocurre vaciarlo antes del acuerdo, eso arruina otra vez sus planes. Mi madre sólo piensa en comprar cortinas nuevas, por fin se lo dijo a papá y él sin inmutarse ya aceptó. Las cortinas no son para ocultarnos sino para ver mejor. Ya aprendí el truco de mamá: subo a una silla y corro un orificio por el que cabe mi ojo derecho, nadie imaginaría que lo observo, que por esa hendidura quepa el mundo, pero me basta Ángel; sólo lamento que nada se pueda agarrar con la mirada y que poco a poco su figura se diluya con la distancia hasta perderse por completo, ya lo sé, es mi ojo lo que lo tiene allí, es por mi ojo que existe. Juego entonces a cerrarlo y se va. Lo abro de nuevo y permanece, gran

My father watches the men come in and out. That calm of the last days had us on edge. My father crosses his left arm and brings his right hand to his mouth, in that pose he stares at the mountain of grain that sometimes gets razed and then grows again. My father makes sure that the sacks are filled to just the right spot. That isn't what he is really seeing, but rather the time that goes by with him standing there. Uncle Samuel doesn't stop talking, he moves from one side to the other and offers help. My father keeps his impatience well hidden in that contemplative stance, he told Mama that the warehouse, empty or full, is exactly the same, this job already seems to him to be a waste of time. He knows that he will have to be careful in case someone gets the idea of emptying it before the agreed time, that would ruin his plans once again. My mother only thinks about buying new curtains, finally she said it to Papa and unfazed he said yes. The curtains are not for us to hide behind but to see better. I already learned Mama's trick: I get up on a chair and slide open the gap through which my right eye fits, no one would imagine that I am watching, that through that slit the world fits, but Angel is enough for me: I'm only sad that nothing can be held by one's gaze and that little by little his figure dissolves into the distance until it is lost completely. I already know, it's my eye that has him there, it's due

dominio el mío. Una mentira. Es verdad que me dolió la broma. Alguien dijo que a cualquier escoba con falda él haría caso. De todas tengo las de perder. Ya estuve a punto de confesarlo: desde hace días Ángel merodea cerca de casa. Divertida lo veo desde mi ventana correr de un lado a otro en el patio de mi tío. Yo estoy muy pendiente de los gritos, y mi primo burlón me contó que habla de mí. Pero no lo digo a nadie, a menos que acepte ser una escoba.

to my eye that he exists, I playfully close it and he leaves. I open it again and he stays, I'm truly in command. No, that's a lie. It's true that the joke hurt me. Someone said that he'd pay attention to any broom with a skirt. Any way I look at it I lose. I was about to admit I liked him: for the last few days Angel hangs around my house. Amused I watch him from my window run from one end to the other of my uncle's patio. I am very aware of the shouts, and my mocking cousin told me that he talks about me. But I wouldn't tell anyone, unless I'd admit to being a broom.

El abuelo paseó por mi casa varias veces. Contempla el granero desde lejos y se relame los labios. El tío lo ha convencido alegando que su trabajo es importante, ya todos en el pueblo mencionan su apellido. Mi abuelo celebra los buenos frutos y mi padre, silencioso, sabe que eso durará poco tiempo. Entre la alegría el viejo desliza palabras sugerentes: alguna vez yo solo hice lo mismo. Mi tío suelta un bufido burlón que el abuelo tomaría como sonrisa y mi padre sólo inclina la cabeza. Mi abuela opinaba antes, mucho antes, que él ha vivido tantos años sólo para contemplarlo. Ella sabe de sobra la verdad. Que mi padre y mi tío no cultivaron nada este año, que nada allá arriba les pertenece, que todo lo que crece les es ajeno. Pero mi abuela calla.

Imposible que el abuelo lo descubra. Desde hace años no asoma su cabeza del linde de la puerta que da a la calle. Él no conoce a nadie, y ya todos aprendieron a desconocerlo. Sólo el tendero lo recuerda, una vez me dijo que fueron amigos. Yo se lo conté al abuelo y respondió no saber nada, le dije que el hombre quería visitarlo y el abuelo que no estaba para recibir a nadie: nada hay por decir de lo que ni en la memoria existe. Me alegró saber que no cruzaría palabra con ese viejo, temí que mi nombre fuera pronunciado.

Grandpa walked by my house several times. He looks at the granary from a distance and licks his lips. Uncle has convinced him arguing that his work is important, that everyone in the town mentions his last name. My grandfather celebrates the good crop and my father, silent, knows that that will last just a short time. In his joy the old man slides out suggestive words: at one time I by myself did the same thing. My uncle lets out a mocking snort that Grandpa would take for a smile and my father just looks down. My grandmother used to say, a long time ago, that he has lived so many years just to see it for himself. She really knows the truth. That my father and my uncle didn't till the land at all this year, that nothing up there belongs to them, that everything that is growing is someone else's. But my grandmother stays quiet.

    Grandpa will never find out. He hasn't stuck his head out beyond the gate that leads to the street for years. He doesn't know anyone, and everyone has already learned to ignore him. Only the shopkeeper remembers him, one time he told me they were friends. I told Grandpa this and he answered that he doesn't know a thing, I told him the man wanted to visit him and Grandpa said he wasn't in any shape to receive anyone: there is nothing to say about something that doesn't exist even in memory. It made me happy to know that he wouldn't speak at all to that old man, I was afraid my name would be mentioned.

No es un miedo de ayer. Ángel se apareció una vez en casa para preguntar por el servicio. Yo salí a recibirlo, mi padre apareció con mis primeras palabras, y con el ceño fruncido me mandó volver. Y nunca me ha dicho nada. Pero sabe que lo sé. Lo sé todo, casi todo. Malo y bueno y regular, y aunque no supiera nada sólo una cosa es posible: no decir y que no exista. Y lo he cumplido tan bien que mi padre al dormir sigue roncando. Sólo sus pesadillas lo delatan, mamá me lo confirmó, como un simple comentario o tal vez como una advertencia. Mi padre soñó que me marchaba de casa de la mano de alguien. Mamá lo tranquilizó pronto, le dijo que recordaba demasiado a la tía Saura y que yo no sería nunca capaz de algo semejante. La equivocación es que quien recordaba mucho a la tía era ella y que alguien son demasiadas personas y a la vez nadie.

Yo sólo espero que mi padre cumpla la promesa de levantar un muro alrededor del terreno.

It's not a fear from yesterday. Angel showed up one time at my house to ask about the service. I went out to receive him, my father appeared with my first words, and the frown ordered me to go back in the house. And he has never said anything to me. But he knows that I know it. I know everything, almost everything. The bad, the good, the in-between, and even if I didn't know anything only one thing is possible: not to say anything and that it not exist. And I have done this so well that my father when he's sleeping still snores. Only his nightmares give him away, Mama let me know this, as a simple comment or maybe as a warning. My father dreamt that I was leaving home holding someone's hand. Mama quickly calmed him down, she told him he was remembering Aunt Saura too much and that I would never be capable of doing something like that. The mistake was that the one who remembered my aunt a lot was her and that someone is too many people and at the same time no one.

I only hope my father keeps his promise of building a wall around the property.

Todos se han percatado del torbellino que hubo en nuestro patio. Persa me preguntó el por qué del alboroto. Yo le conté, en especial del granero: colmado de semillas figurando las dunas de un desierto. Ella no ha visto algo parecido, irá a mi casa cuando esté en calma. Me espera a la salida de la escuela, me preguntó por qué he demorado tanto en visitarla, me sorprendió que lo hubiera notado y debo explicarle del trabajo que hay en casa. Ella se queda en silencio y me contempla con sus ojos pardos y el rostro encendido. A la luz del medio día su piel semeja al durazno, eso dice mamá, luego entendí: son las ganas de probarlo. Toco mis mejillas tratando de rozar su piel, es suave, casi impalpable. Muerdo el durazno y su jugo se escurre entre mis labios. Y toda ella parece el postre de los domingos: los pelos de miel y la boca de fresa. El griterío de niños pasa de largo por la calle. Persa reclinada sobre un muro baja el rostro y me hace las preguntas de siempre: las cosas que hay en mi casa, los trabajos de papá, la comida de mamá; también yo quiero que me cuente, y los trastos viejos, los colchones y los caminos son por mucho lo único cierto. Luego el poder de saberlo todo. Persa me toma la mano izquierda y la contempla un rato, ya ha descubierto algo de mí y a las dos nos hace felices coincidir en el juego. Pero se empeña en repetir que tengo la muerte entre las manos. No quiere leer mi

Everyone became aware of the commotion in our patio. Persa asked me the reason for the uproar. I told her, especially about the storehouse: full to the brim with seeds looking like the dunes of a desert. She has never seen anything like it, she will go to my house when it's calm. She waits for me at the school gate when school gets out, she asked me why I had taken so long to visit her, it surprised me that she had noticed and I have to explain to her about the work that there is at home. She keeps quiet and looks at me with her brown eyes and her face lit up. In the midday light her skin is like that of a peach, that is what Mama says, later I understood: it's the urge to take a taste of it. I touch my cheeks trying to brush their skin, it is soft, almost untouchable. I bite the peach and its juice runs down between my lips. And all of her seems like a Sunday dessert: her hair of honey and her strawberry mouth. The shouting of the children passes by on the street. Persa leaning on a wall lowers her face and asks the questions she always asks, the things that there are in my house, Papa's work, Mama's food; I also want her to tell me. And the old dishes, the mattresses and the roads are by far the only true thing. Later the ability to know everything. Persa takes me by the left hand and stares at it a while, she has already discovered something about me and the two of us are happy we agree on the game. But she

futuro. Mi corazón palpita de miedo y casi le ruego que me diga dónde está mi muerte, ella tranquila como si todo lo dominara el silencio, me dice que no lo debe contar, que en ese mismo instante yo moriría. Me dijo que yo vivo por su boca, y todos los días me levanto sabiendo que es cierto.

No sé si recorrer tantos caminos le ha dado el poder de predecirlo todo, dijo que ha visto los rostros más hermosos y los destinos más extraños. Me cuenta de bosques escondidos y del hechizante olor de las maderas, de ríos que nacen de las rocas, de comidas agridulces y de gente que habla distinto; en un lenguaje que yo no conozco recita palabras durante largo rato, son más parecidas a los silbidos y a veces se sienten como caricias; entonces mi boca emite ruidos que no comprendo y ella sonríe, es ese el lenguaje de las coincidencias; en una lengua olvidada le digo lo mucho que me gusta su compañía, y al poco rato, sin dejar de vernos, de nuestra boca sale un canto nunca oído: así comienza el juego de entendernos.

Persa dijo que el sol no es igual en cualquier parte, que el cielo cambia de color con las estaciones, y ellos van de un lado a otro a probarlo con sus ojos pues saben que nada es como puede contarse. Persa dice que sólo de esa forma se conoce a los demás, que nunca miente cuando habla de lo que vendrá, que para ellos todo ya ha pasado. Entiendo así que nunca me

insists on repeating that I have death in my hands. She doesn't want to read my future. My heart beats in fear and I almost beg her to tell me where my death is, calmly she, calm as if silence dominated everything, says that she shouldn't tell it, that in that same instant I would die. She told me I live because of her mouth, and every day I get up knowing this is true.

I don't know if having gone down so many roads has given her the ability to predict everything, she said that she's seen the most beautiful faces and the strangest destinies. She tells me of hidden forests and of the enchanting smell of woods, of rivers that spring from rocks, of sweet and sour foods and people who talk different; in a language I don't know she recites words for a long time, they are more like whistles and sometimes feel like caresses; then my mouth lets out noises I don't understand and she smiles, that is the language of coincidences; in a forgotten tongue I tell her how much I like her, and a little later, without looking away from each other, from our mouth flows a song that's never been heard: that is how the game of understanding each other begins.

Persa said that the sun is not the same in every place, that the sky changes color with the seasons, and they go from one place to another to prove it with their eyes because they know that nothing is like what

será dado descubrir lo venidero, nunca sabré lo que a alguien le aqueja, no podré augurar la felicidad, nada; y pienso en mi padre y su viaje, entonces tal vez pueda entenderlo: mi padre quiere volver a casa con una noticia. Con las ganas de adelantar las primicias, le hago esas preguntas a Persa, y ella enmudece, me toma de las manos y me dice que no debe ni puede decirlo. Entonces debo agradecer su valor para callarse, y que sea su silencio mi posibilidad de andar en dos pies. No ha sucumbido al arrebato de las palabras y es ese no hablar lo que me mantiene tan cerca de sus labios; no puedo imaginar cuánto le pesa tener tantas verdades, le conté la historia del hombre que hizo un hueco en la tierra para gritar allí los secretos, y más de una vez la descubrí en el campo removiendo las rocas, bajo éstas, sus palabras se sepultan justo en esta tierra yerma donde yaceré con los míos. Si alego que no tendrán sentido los secretos que nadie sabe, ella explica que pueden conocerlo todos si lo ocultasen, y logro entender que guardar un secreto es saberlo todos y concertar un mismo silencio. Persa insiste en que la verdad debe ser guardada en las palabras y no repetirlas es lo único importante.

Mi abuela, que sólo ha visto el trecho de un patio, lo sabe también. Se muerde los labios mucho antes de que los sonidos florezcan en su boca, en la

can be told about it. Persa says that only in this way does one know the rest of us, that she never lies when she talks about what will come, that for them everything has already happened. This way I understand that I will never have the chance to discover what is to come, I will never know what is bothering someone, I won't be able to predict happiness, nothing; and I think of my father and his trip, then maybe I can understand him: my father wants to return home with some bit of news. With the wish to be the first to tell something, I ask Persa those questions and she becomes quiet, she takes me by the hands and tells me that she shouldn't or can't tell. Then I should thank her for her courage in being quiet, and may her silence be what keeps me standing on my two feet. She hasn't succumbed to the uproar of the words and it's that not talking that keeps me close to her lips; I can't imagine how much it burdens her to have so many truths. I told her the story of the man that dug a hole in the earth to shout all the secrets into it, and more than once I caught her in the country moving rocks, under these her words are buried, just right there in that barren earth where someday I will rest with my people. If I argue that secrets don't make any sense if no one knows them, she explains that everyone can know them if they are hidden, and I realize that to keep a secret is to know all of them and

punta de la lengua danzan las preguntas y los reclamos, mi padre pone oídos sordos a sus consejos, y al tío todo eso se le escurre por los hombros, mi padre, intermedio en todo, sufre las consecuencias: la preocupación de la abuela y la desfachatez de Samuel. Mi padre carga dos piedritas en la nuca, todos los días lleva allí sus dedos intentando deshacerlas, en una está la molestia y en otra la preocupación, una y otra se confunden y salen por su nariz que se frunce al compás de sus palabras, él en casa habla por los tres y en sus insultos ya no hay espacio para los nuestros; mamá ha cambiado las groserías por los sollozos, y a mí que no me hace falta ninguno de los dos sólo me queda escuchar. Mi padre le dijo al tío que será necesario dividir las ganancias en partes iguales, que otro tanto será para el abuelo, el tío dice que eso no es necesario que los abuelos no lo necesitan, mi padre afirma que este es el tiempo de sus enfermedades, y uno y otro deben sortear los gastos de esa manera, el tío opina que cuando eso llegue sus bolsillos estarán prestos para ayudar, que la abuela es capaz de derrocharlo. Papá insistió en dividirlo, y la negativa de Samuel fue casi definitiva; pero ante la amenaza de cancelar los servicios del granero, el tío acepta cualquier petición, no es que le importe demasiado ocuparse en el trabajo, es saber que su nombre es pronunciado por los otros; su nombre que a voz alta le

to concert a same silence. Persa insists that the truth should be kept in words and the only important thing is not to repeat them.

My grandmother, who has only seen a portion of the patio, also knows this. She bites her lips long before the sounds bloom in her mouth, questions and complaints dance on the tip of her tongue, my father doesn't listen to her advice, and all of that streams off my uncle's shoulders, my father, always the intermediary, suffers the consequences: Grandma's worries and Samuel's gall. My father carries two little rocks on the back of his neck, every day he brings his fingers up there trying to crumble them, in one is anger, in the other, worry, one and the other get mixed up together and come out his nose that wrinkles with the beat of his words, he at home speaks for all three of them and in his insults there is no longer room for ours; Mama has changed the curse words for sobs, and I, who don't need either of the two, can just stand there listening. My father told Uncle that they need to divide the profits in equal parts, that one of these will be for Grandpa, Uncle says that that isn't necessary that Grandpa and Grandma don't need it, my father says that this is the time of their illnesses, and one and the other of the brothers need to draw lots for the expenses that way, Uncle thinks that when that happens his pockets will

es particular, su nombre como todo él, dicho y oído por todos; su nombre que dice qué decir, que los demás digan; su nombre que es sólo su nombre y, con eso, todo él allí en su nombre, y dice: haz lo que quieras y sigamos como hasta ahora.

be ready to help, that Grandma might just decide to spend it all. Papa insists on dividing it and Samuel's refusal is almost definitive; but facing the threat of canceling the business with the granary, Uncle accepts any proposal, it isn't that doing this work is that important to him, it's knowing that his name is mentioned by the others, his name that out loud is specifically his, his name like all of him, said and heard by everyone; his name that says what to say, that the rest say; his name that is only his name and that with that all of him in his name and he says: do what you want and let's go on like we've been doing up to now.

En el patio de los abuelos. Emilio y yo sentados entre los grandes, como adultos, el abuelo está en el centro y la abuela a su izquierda, mamá junto a papá, y tía Ada junto al tío Samuel. El atardecer con sus rayos rojizos, sus partículas de polvo brillante, sus nubes azuladas casi blancas, el frescor del campo, los insectos rondando en la lámpara recién encendida, el horizonte lejano donde segundo a segundo intenta caer la noche. Luna en un extremo moviendo las orejas, un sonido hueco de voces graves se confunde, miramos al piso, papá con un fajo de billetes en las manos le dice al abuelo que es ese un adelanto, el abuelo casi a tientas dice con su amabilidad de los últimos años que no lo necesita. Tío Samuel guarda silencio, entendió bien la prohibición de mi padre: diga lo que diga será para ellos; calla entonces, mamá, cree en la justicia de mi padre y no opina, la tía se muerde los labios porque muy a su pesar no gozará de las ganancias. El abuelo dice algo irreprochable: ese dinero lo multiplicarán pronto. El rostro de papá ensombrece, tío Samuel, entre burla y preocupación mueve la cabeza, la tía indiferente, y mamá rasca sus brazos con nerviosismo. La abuela, tranquila, dice que el abuelo tiene razón, y no se hable más. Sin pronunciar palabra papá guarda los billetes en su bolsillo.

In my grandparents' patio. Emilio and me sitting among the grown-ups, like adults. Grandpa is in the middle and Grandma at his left, Mama next to Papa, and Aunt Ada next to Uncle Samuel. The sunset with its reddish rays, its particles of shining dust, its bluish, almost white clouds, the cool of the country, the insects flying around the recently lit lamp, the distant horizon where second by second night tries to fall. Luna at one end moving his ears, a hollow sound of deep voices mixes together, we look at the floor, Papa with a roll of bills in his hands tells Grandpa that that's an advance, Grandpa almost gingerly says with his sweetness of the last years that he doesn't need it. Uncle Samuel keeps quiet, he well understood Papa's prohibition: say what he might say it will be for them; he stays quiet then, Mama believes in Papa's fairness and doesn't give her opinion, my aunt bites her lips because very much against her will she won't enjoy the profits. Grandpa says something irreproachable: they'll increase that money soon, Papa's face gets dark, Uncle Samuel, between mocking and worry, shakes his head, my aunt indifferent and Mama scratches her arms nervously. Grandma, calm, says that Grandpa is right and that nothing more should be said. Without saying a word Papa puts the bills in his pocket.

Tuve que recoger mi cara del suelo. La madre de Ángel aseguró que me vio el collar. Mamá me obligó a pedir perdón. La mujer hizo mil muecas de disgusto cuando alegué que no lo tenía. De todos los alegatos para ella era más creíble que yo lo había robado; quizá con molestia tal explicación admitió mamá para convencerme: a todas luces Ángel me culpó. Ya en casa los reproches y después una amenaza: obedeceré absolutamente y papá no lo sabrá. Horas y días con un nudo en la garganta, pero mamá tenía razón, y Ángel sería una palabra que me haría rabiar.

I had to pick my jaw off the floor. Angel's mother swore she saw me in the necklace. Mama made me ask forgiveness. The woman made a thousand faces of disgust when I argued that I didn't have it. Of all the arguments the one that was most believable to her was that I'd stolen it; maybe angrily Mama admitted that one to convince me; it was totally clear that Angel blamed me. Once we were home the reproaches and afterwards a threat: either I obey completely or Papa will find out. Hours and days with a knot in my throat, but Mama is right, and Angel would be just a word that would make me rage.

Tío Samuel con el caballo, a la puerta de mi casa, buscaba a papá. Me invitó a subir y yo, a pesar de la avidez, dije que no. Me preguntó si tenía miedo y moví la cabeza, él insistía pero en ese momento papá se asomó. Desde la puerta, mi padre contemplaba el animal y tío Samuel comenzó a hablar: es tuyo. Papá, sin inmutarse, contestó que no tenía forma de comprarlo y ya no le interesaba. Tío Samuel le habló del dinero del abuelo, le pidió que le pagara con su parte correspondiente: no ahora, en nueve meses. Papá rubicundo sólo musitó un sonido y después de un larguísimo silencio dijo con palabras ahogadas que lo pensaría. El tío, adelantándose a la respuesta, preguntó si podía dejar al animal en el patio y papá no respondió. Tío Samuel lo abandonó y se encaminó a su casa. Mamá estaba en la cocina preparando el desayuno, desde la ventana podía verse al caballo que pastaba, papá entró detrás de mí y mi madre preguntó qué buscaba mi tío. Vendérmelo, dijo papá ¿Y por qué?, contestó mamá. La mujer va a tener un hijo, respondió. Ninguno de los dos volvió a decir palabra y papá salió al patio llevando agua. Por la cortina raída se traslucía el caballo y mi padre a su lado mirándolo, mamá dijo que era una pérdida ese animal, y luego fijó su mirada en la ventana.

Uncle Samuel with the horse, at the door of my house, was looking for Papa. He invited me to get on and I, despite his eagerness, said no. He asked me if I was afraid and I shook my head, he insisted but at that moment Papa peered out. From the door, my father stared at the animal and Uncle Samuel started talking: it's yours. Papa, without reacting, answered that he had no way of paying for it and that he was no longer interested. Uncle Samuel mentioned Grandpa's money, he asked him to pay him the part that was his: not now, in nine months. Papa, his face beginning to flush, only mused out a sound and after a very long silence said with stifled words that he would think about it. Uncle, getting ahead of the answer, asked if he could leave the animal in the patio and Papa made no response. Uncle Samuel left him there and walked home. Mama was in the kitchen making breakfast, from the window she could see the horse grazing, Papa came into the house behind me and my mother asked what my uncle wanted. To sell me it, Papa said. Why? asked Mama. His wife is going to have a baby, he answered. Neither of the two said another word and Papa went out to the patio carrying water. Through the threadbare curtain the horse could be seen and my father at its side looking at it, Mama said that animal was a waste and later fixed her eyes on the windowpane.

Mamá se queja del caballo. Cada vez que lo mira le encuentra algún defecto, las patas demasiado largas, la panza hecha una bola, las cerdas cenizas y descuidadas, el color albino; me lo dice sólo a mí, con papá no ha hecho comentarios, el aún no ha decidido comprarlo pero ya se ocupa en llevarle alimento todas las tardes. Papá adoraba el caballo pero comprárselo al tío Samuel no le emociona, tal vez por la forma en que se lo ganó y ahora, quizá, por la razón que se lo entrega. Mamá ve el caballo e imagina a la tía Ada reposando en la cama, y se ve ella: con el cubo de agua, levantándolo apenas para saciar al animal.

Mama complains about the horse. Each time she looks at it she finds some defect, the legs too long, the belly like a ball, the horsehair ashy and neglected, the pale color; she only says it to me, she hasn't made any comments to Papa, he still has not decided to buy it but now he's the one that handles bringing it food every afternoon. Papa loved that horse but buying it from Uncle Samuel did not get him excited, maybe because of the way that he had won it from him and now, maybe, because of the reason he's giving it to him. Mama sees the horse and imagines Aunt Ada resting on the bed, and sees herself: with a bucket of water, raising it just enough to quench the animal's thirst.

A la abuela no le faltaron las palabras para repetirnos la noticia. Ha ido a visitarnos y ya piensa en nombres; mamá sonríe. La abuela hace comentarios sobre carácter y parecido, luego, súbitamente, guarda silencio y se retira de casa; mamá se queda pensativa, y sólo dice que es una rara enfermedad la de la abuela.

Grandma didn't lack words to tell us the news again. She has gone to visit us and she's already thinking of names, Mama smiles. Grandma makes comments about character and family likenesses, later, suddenly, she is quiet and leaves the house; Mama's left thoughtful for a while, and only says that Grandma's illness is a strange one.

Sabemos que no era la urgencia de vender el animal, más bien la premura por contar la noticia. Mamá desprecia el instante en que papá sale al patio, aún cuando él mismo desvía su paso para no topar a la bestia. Devolverlo sólo sería un signo más del resentimiento, y tarde o temprano lo montará y fingirá una complacencia ya perdida. Como aquella en que papá me tomaba en brazos y recorríamos veredas en el lomo del caballo; un trecho del camino que baja de la montaña, el lento trotar del animal, y mis piernas estrellándose entre los brazos de papá; pero yo no recuerdo nada: papá me envuelve con su brazo izquierdo, mi pequeña cabeza se asoma apenas sobre su vientre, sonrío observando las orejas del caballo mientras mis dedos envuelven sus pelos blancos. Puedo todavía sentir un golpe suave entre mis muslos, un vaivén acompasado sobre las piernas de papá y el ligero galope que rompe el viento, acrecentando el sube y baja de nuestras caderas. Hemos dejado el patio, andado el camino y arribado a un montículo de tierra, desde allí, como si fueran juguetes se ven tres casas alineadas e inseparables: la de los abuelos, la nuestra, la del tío. Hoy no serán lo de antes: una y la misma.

We know that it wasn't the urgency to sell the animal, more likely the rush to tell the news. Mama hates the instant in which Papa goes out on the patio, even when he himself changes his step to not bump into the beast. Returning it would only be another sign of resentment, and sooner or later he'll get on it and will feign an already lost complacency. Like that one in which Papa took me in his arms and we would go down paths on the back of the horse; a section of the road that goes down the mountain, the slow trot of the animal and my legs crashing between Papa's arms; but now I don't remember anything: Papa surrounds me with his left arm, my little head just peeks out over his belly, I smile looking at the horse's ears while my fingers twist his white mane. I can still feel the soft blow between my thighs, a rhythmic back and forth on Papa's legs and the light gallop that tears the wind, increasing the up and down of our hips. We have left the patio, gone down the road and arrived at a mound of earth, from there, as if they were toys you can see the three houses lined up and inseparable: my grandparent's house, ours, my uncle's. Today they won't be what they were before, one and the same.

No era necesario que papá hiciera la aclaración, ya el animal nos pertenece y hay que procurarle el alimento. Todos recuerdan la estúpida apuesta de antaño: un reino por un caballo, y papá perdió las dos cosas. Nadie lo sucedería en el trono.

It wasn't necessary for Papa to say anything, the animal already belongs to us and we have to get him food. Everyone remembers the stupid age-old bet: my kingdom for a horse, and Papa lost the two things. No one would succeed him on the throne.

Mamá no hizo ningún reproche y dio por terminado el asunto de las cortinas, retiraría el encargo a la madre de Persa. Pero esa misma tarde la mujer ya tocaba la puerta, mamá la hizo entrar a la casa sin temor. La mujer se sentó en la sala y, como de costumbre, registraba cada objeto con su vista, por instantes mientras platicaba con mamá, yo pensé que así seríamos Persa y yo muchos años después.

Las dos emitían vocecillas infantiles que me hacían recordar los cantos de las tardes, vi a mamá desplomarse en sollozos y a la mujer tocándola del hombro: Persa me tomaba el brazo e insistía en que los buenos augurios llegarían, yo me frotaba los ojos con rabia mientras ella me aliñaba el cabello, insistía que ya iba a terminar.

La mujer se levantó y por el umbral de la puerta desapareció. Mi madre, o yo, entramos a la recamara, y la cortina, antes blanca, se transformó en pared de rojo satín.

Mama didn't make a single reproach and gave up on the curtains, she would cancel the order from Persa's mother. But that same afternoon the woman knocked on the door, Mama had her come in the house without fear. The woman sat down in the living room and, as was her habit, began taking in every object with her gaze; for a few instants while she talked with Mama I thought that this is how Persa and I would be many years later.

The two let out little childish voices that made me remember the afternoon songs, I saw Mama fall down sobbing and the woman touching her on the shoulder: Persa would take me by the arm and would insist that good omens would come, I rubbed my eyes furiously while she smoothed my hair, she insisted that it would soon all be over.

The woman got up and disappeared through the doorway. My mother, or I, went into the bedroom, and the curtain, that before was white, turned into a wall of red satin.

Fue la mudez y ni siquiera el llanto lo que me invadió. No pude más que tomar una piedra y lanzársela a la espalda en un descuido. Después caminé despacio fingiendo valor. El idiota de Ángel lo sabía ya, y como un eco lejano escuché disculpas. Desde ese día no salgo al patio de recreo intentando no verlo más. El colmo son los rumores. Nara sin ocultar su sorpresa me cuestionó, estoy en la boca de los otros sin ninguna razón, su madre y la de Ángel son tan amigas que se enteró. Yo ni siquiera pude negarlo. Ya se fueron los deseos: flores rojas esparcidas por una larga vereda. Una cancioncilla queda cerca de mi ventana. Los ojos cerrados y un crispar de labios. Las manos atadas e inseparables, un murmullo infinito de palabras endulzadas elevándome. Luego, no tan lejos, una casa parecida a la de mis padres. Un bebé que llora en la cuna. Más besos ya sin temor. Llena de vergüenza comienzo a negarlo todo. Mantengo los ojos abiertos para no ver más. Y por fin ignorarlo al punto en que nunca existió.

It was the muteness and not even the weeping that invaded me. I couldn't do anything but take a rock and throw it at his back when he wasn't looking. Afterwards I walked slowly feigning courage. Angel, that idiot, already knew it, and like a faraway echo I heard apologies. From that day on I don't go out to the school patio during recess trying to avoid him. The worst thing are the rumors. Nara asked me about it without hiding her surprise, they are all talking about me for no reason, her mother and Angel's are such good friends that she found out. I couldn't even deny it. All my wishes have left; red flowers scattered on a long path. A little song stays close to my window. My eyes closed and a curling of the lips. My hands tied and inseparable, an infinite murmur of sweetened words lifting me. Later, not so far away, a house like my parents' house. A baby that cries in the cradle. More kisses now without fear. Full of shame I begin to deny everything. I keep my eyes open to not see anything more. And finally I ignore him to the point where he never existed.

Un rumor nos ha volcado la cabeza: nuestra cabeza pegada a los muros de los vecinos. Un susurro llegó con el viento a los oídos de mamá, ya luego a la ahogada garganta de la abuela. Vocecillas quedas y casi silenciosas lanzan a coro un nombre, uno de dos palabras para mí, de una sola para mamá. Alguien dice Saura y el aire se llena de pensamientos, alguien como entonces cuenta la historia de otro modo: la han visto vagar por un pueblo cercano, su voz canta los lamentos de una despedida. Mamá sueña: está por volver. Y la abuela sólo espera la vida para estrecharla en brazos. Papá meditabundo repudia los cometarios, espera que los otros se muerdan la lengua al mencionar aquel nombre, y sin embargo, ha dudado ya preparar el caballo o encender el camión. Un día de estos volvería con ella, la imagen más linda será la de la tía sobre las ancas del animal y papá como altivo jinete permitirá con gusto que unos frágiles brazos rodeen su pecho.

A rumor has turned our head over: our head stuck to the neighbors' walls. A whisper arrived with the wind to Mama's ears, and then later to Grandma's stifled throat. Quiet, almost silent little voices hurl out a name in a chorus, one of two words for me, a single one for Mama. Someone says Saura and the air fills with thoughts, someone like then tells the story a different way: they have seen her wandering about a nearby town, her voice sings the laments of a farewell. Mama dreams: she's about to return. And Grandma just hopes for enough life to hold her in her arms. Papa, deep in thought, rebukes the comments, hopes that the others bite their tongues when they mention that name, and nevertheless has wondered whether to begin getting the horse ready or start the truck. One of these days he would return with her, the prettiest image will be that of my aunt on the haunches of the animal and Papa like a proud rider will be happy to allow fragile arms to circle his chest.

El profesor me cuestionó tratando de confirmar los cuentos de la gente, yo no contesté. Su mano tibia sobre mi cabeza y un apretón en la nariz, esta vez mi beso como un suspiro se posa entre su pecho. Tan linda como una muñeca. Ha sonado la campana y es la hora del recreo. Mi sombra me acompaña y me pregunta del profesor, sólo niego ser la elegida y basta ya de celos.

Dos deditos con la rapidez de las hormigas recorren mis muslos, los pies del profesor suben y bajan imitando un trote. Sus labios como pinzas de algodón se prenden en mis mejillas, al poco rato, sobre mi espalda, una mano extendida se desliza lentamente. Tanto se parece el profesor a mi padre que cuando cierro los ojos confundo sus rostros, luego todo se revela porque mientras uno habla el otro no responde.

The teacher questioned me trying to find out if people's stories were true, I didn't answer. His warm hand on my head and a squeeze on my nose, this time my kiss like a sigh perches on his chest. As pretty as a doll. The bell has rung and it is recess time. My shadow keeps me company and asks me about the teacher, I only say I'm not the teacher's pet and enough with this jealousy.

Two little fingers with the speed of ants run through my thighs, the teacher's feet go up and down imitating a trot. His lips like cotton pinchers attach themselves to my cheeks, in a little while, on my back, an open hand slides slowly. The teacher looks so much like my father that when I close my eyes I mix their faces up, later everything is revealed because while one talks the other one doesn't respond.

Pasó pronto y de repente. Bien pudo ser en la comodidad del camión: tía Saura somnolienta estrecha su cabeza sobre el cristal de la ventana, papá con el rostro apagado cede al movimiento que provocan las protuberancias del camino. Y todos al pie del portón con la avidez de abrazar a la tía que va llegando: pone un pie en el patio, nos mira de cabo a rabo y se rasca la nariz; un humor hediondo nos hace replegar la frente, nadie se atreve a dar el primer abrazo, la abuela atemorizada se acerca lentamente y en un gesto de benevolencia le acaricia los despeinados cabellos, la tía guiña los ojos y le retira la mano. Mamá solloza en el otro extremo del patio y yo sólo quiero echarme a correr. Ada y Samuel aparecieron en seguida a contemplar el espectáculo, mi padre se quejó del abandono, de cuánto le costó la persecución, y Samuel protestó no ser culpable por dudar de los rumores. Para culminar la buena obra frente a todos, papá ha exigido a mi madre dar un baño a la tía, y mamá de inmediato la tomó de la mano. Saura camina sin parpadear, tampoco ha parado de conversar con el silencio, no se dirige a nadie, mueve los brazos y gesticula emocionada a algo que no es visible. He ido detrás de mamá intentando entender el circunloquio; las lágrimas escurren por sus mejillas mientras aprieta con fuerza el brazo de la tía. Saura mueve la cabeza, sonríe, se queja, gime, balbucea y habla; habla y habla

It happened soon and suddenly. It might well have been in the comfort of the truck: sleepy Aunt Saura stretches her head out over the glass of the truck window, Papa with his face turned off cedes to the movement that the bumps in the road provoke. And everyone at the end of the gate with the avidity of hugging my aunt who is arriving: she puts a foot into the patio, she looks at us from one end to the other and scratches her nose: a horrible stench makes us fold up our foreheads, no one dares give the first hug, Grandma frightened approaches slowly and in one benevolent gesture caresses her uncombed hair, my aunt blinks her eyes and removes Grandma's hand. Mama sobs at the other end of the patio and I only want to run away. Ada and Samuel showed up right away to stare at the spectacle, my father complained about her running off, about how much it cost him to track her down and Samuel protested that he wasn't guilty for doubting the rumors. To finish up the good work in front of everyone Papa has demanded that my mother give my aunt a bath, and Mama immediately took her by the hand. Saura walks without blinking, she has also not stopped talking to the silence, she doesn't speak to anyone, she moves her arms and gestures excitedly at something that is not visible. I have followed Mama trying to understand what she is saying; the tears stream down her cheeks while she

y no es a mamá. Ha confundido la voz de los secretos. Quizá la reconoció, y sin embargo, decir Ana sin estremecimiento no significa ya más que silencio.

Alrededor de la araucaria y en medio del verde jardín. Una mujer gorda y de pecho desnudo da vueltas y vueltas, mamá con los brazos extendidos intenta alcanzarla, y a poco, le incrusta un blusón. Esta vez la agitación vendría con la andanza y nada más. Mamá no soportó la escena y entró a casa de inmediato, la tía afuera continuó con los rodeos. Desde dentro se escuchan extrañas carcajadas, luego los gimoteos y hasta el llanto. Palabras repetidas una y otra vez sin decir nada, pero mamá escucha el nombre y tiembla. Dudamos ahora que la vejez de la abuela lo soporte todo; mi padre comprensivo delegó a mamá los cuidados: como entonces, sólo un poco distinto, mamá le pone la fruta entre los labios pero ninguna de las dos sonríe; como entonces, sólo un poco distinto, la desnuda y la lleva a la cama, aunque ahora duerme. Y cómo negarse si tía Saura es la criatura que tanto esperamos.

La abuela con un hilo de voz pide tenerla con ella y la tarea de mamá será triple. De una vez y de pasada los alimenta a los tres; sólo algunos días limpiará la casa. Para que nada suceda en su cabeza, papá cabalga en la montaña todo el día. Ya Samuel se

squeezes my aunt's arm hard. Saura shakes her head, smiles, complains, moans, babbles and talks: she talks and talks and it's not to Mama. She has confused the voice of secrets. Maybe she recognized it, and still saying Ana without trembling doesn't mean anything more now than silence.

Around the araucaria tree and in the middle of the green garden. A fat, bare-chested woman walks in circles, Mama with stretched out arms tries to reach her and in a bit she sticks a loose blouse on her. This time the agitation would come with the walking and nothing more. Mama could not stand the scene and went into the house immediately, Aunt outside continued with her wanderings. From inside you can hear strange laughs, later moaning and even sobs. Words repeated again and again without saying anything, but Mama hears the name and trembles. We doubt now that Grandma's old age can stand it all: my understanding father delegated all the care to Mama, like then only a little different Mama puts the fruit between her lips but neither of the two women smiles; like then only a little different she strips her naked and takes her to bed, although now she sleeps. And how can she say no if Aunt Saura was the creature that we were waiting for so long.

Grandma with a thread of a voice asks to have

encarga de los granos y tía Ada imperceptiblemente engordará.

her stay with her and Mama's work will be tripled. Once and for all and on the way she feeds all three of them, only on some days will she clean the house. So that nothing happen in his head, Papa will ride the horse on the mountain all day. Now Samuel takes care of the grains and Aunt Ada will imperceptibly get fat.

Insoportable es esa imagen de quien habla sin decir nada. Mamá suplica un remedio y serán sólo palabras de consuelo: es más feliz donde está, repitió con indiferencia la charlatana. Mi madre no soporta la respuesta de lo irremediable, y ha comprendido apenas el engaño al que sucumbió, ya nadie le contará el futuro incierto bajo su puerta. A gritos echó a la mujer y una maldición de muerte se ciñó sobre nuestra casa. Soy yo quien teme las consecuencias, la negativa de mamá es total. Y Persa ya sólo aparece en mis sueños.

No one can stand that image of someone who talks without saying anything. Mama begs for a remedy and all she gets are consoling words: she's happier where she is, the charlatan repeated with indifference. My mother can't take the answer of the irremediable, and she's barely comprehended the con she fell for, now no one will tell her the uncertain future under her door. Shouting she throws the woman out and a death curse grips our house. It is me who fears the consequences, Mama's refusal is total. And now Persa only appears in my dreams.

Unos días antes de la prohibición, digo unos días, que sólo fueron unos días que entonces parecieron siglos, interminables, aplazables, porque ante la ignorada despedida no todos eran iguales. Persa llegó a casa acompañada de su madre. La abuela enferma sin poder salir, mi padre lejos en la montaña. El camión dentro de la bodega, ya a la mitad de granos, ocultaba el paso. El instante perfecto, luego de las muñecas y las escondidas y las vueltas sobre un pie y los saltos y los cabellos alborotados, como quien recién se levanta de la cama, de un largo sueño en que removió las cobijas y se hundió en el colchón y se escurrió entre las sabanas con los ojos entreabiertos, la boca húmeda y el cuerpo tibio, en la hora en que todo está borroso como si fuera un recuerdo, y sólo se está como frente al espejo y no se distingue nada, sólo el instante remoto instante del juego.

Rodeamos el patio y llegamos al interior del granero. Nos echamos a correr, el reto era llegar a la cima. Hundimos los pies entre las minúsculas semillas, que en deslave transforman el montículo de cereal, y un picor delicioso nos inunda el cuerpo, la comezón y las ansias de frotarnos, a causa del polvo, a causa del polvo. Y entre las olas, las dunas y las montañas, el primer impulso es sacarme los zapatos, la blusa y el overol que se resiste un rato. Persa ya escalaba en lo alto, entonces soy tan ágil que puedo

Some days before I was forbidden to see her, I say some days, that were only a few days but then seemed like unending, postponable centuries, because in light of the unforeseen farewell not all of them were the same, Persa came to my house along with her mother. Grandma was sick and stuck at home, my father far up on the mountain. The truck in the warehouse, already half full of grain, hid their visit. The perfect instant, later, for dolls and hide and seek and spinning on one foot and jumping and messed up hair, like someone who just got out of bed, waking from a long dream in which the covers were kicked off and they sunk into the mattress and slipped between the sheets with their eyes half closed, the mouth moist and the warm body, in the hour in which everything is foggy as if it were a memory, and one is only in front of the mirror and can't see anything, just the remote instant, the instant of playtime.

We walk around the patio and go inside the granary. We begin to run, the challenge is to get to the top. We sink our feet in minuscule seeds, that in a landslide transform the mound of cereal, and a delicious burning floods our bodies, the itch and the urge to rub ourselves, due to the dust, due to the dust. And among the waves, the dunes and the mountains, the first impulse is to take off my shoes, the blouse, and the overalls that resist dropping for a while. Persa

por fin alcanzarla, frotarle los cabellos, lograr que me mirara y, en ese instante, su falda azul se hundió como en el agua. Fingir que eran olas, olas se arremolinaban en nuestros cabellos, las dunas del desierto, la crema del pastel, entrar en una tumba. Cubrir el rostro con las manos y, a momentos, observar el cuerpo desnudo como en un espejo, tocarlo de punta a punta: y sentir y ser, por fin, verdaderamente iguales; terminar el juego con los dedos tibios y los cabellos quietos y, desde una esquina a otra, contemplar lo que es el mundo.

Acostadas, con las extremidades extendidas, un haz de luz penetró la bodega. Antes de incorporarnos, tío Samuel fija la vista sobre nosotras. Sin dejar de mirar, uno a uno sus pasos lo llevaron al linde del montículo, dijo Emilio en un grito y mi primo corrió a buscarlo. Persa abrazó sus piernas y yo intenté incorporarme sin lograrlo. Emilio sonrió burlón y mi tío ordenó vestirnos. Nunca quitaron sus ojos de encima y nos vieron recorrer el espacio y hundir los pies, las nalgas, el pecho, las manos en busca de la ropa y luego en cada prenda, al vernos terminar se alejaron, y nosotras sonreímos con gusto y miedo. Afuera la luz del sol nos cegaba los ojos. Y sentado en la banqueta, y de la nada, Emilio me preguntó si aún podríamos ser hermanos.

was already climbing up high, then I am so agile that I can finally reach her, rub her hair, get her to look at me and, in that instant, her blue skirt sunk like in the water. Pretending that they were waves, waves that swirled in our hair, the desert dunes, the cream from the cake, to enter a tomb. To cover the face with the hands and, in moments, to look at the naked body as if in a mirror, to touch it from one end to the other: and to feel and to be, finally, truly the same; to end the game with warm fingers and still hair and, from one corner to the other, to contemplate what is the world.

Lying down, with our limbs stretched out, a beam of light penetrates the warehouse. Before we get up Uncle Samuel fixes his gaze on us. Without stopping looking, one by one his steps took him to the edge of the mound, he said Emilio in a shout and my cousin came to look for him. Persa hugged her legs and I tried to get up without doing it. Emilio smiled mockingly and my uncle told us to get dressed. They never turned their eyes away and they saw us go through the space and sink our feet, our bottom, our chest, our hands looking for the clothes and later each piece of clothing, when they saw we had finished they went away, and we smiled with pleasure and fear. Outside the sunlight blinded our eyes. And sitting on the sidewalk, and out of nowhere Emilio asked me if we could still be brother and sister.

En el comedor todos guardan silencio. Mamá le dirige los cubiertos a tía Saura como lo hacía conmigo, aunque ella jamás aprenderá. Mi abuela de reojo las observa, vuelve la mirada y permanece muda, sólo algunas lágrimas ruedan por su rostro y el abuelo ve con desprecio la imagen que no comprende. Papá ordena la situación, finge entereza y obliga a mamá a resolverlo. Mamá se mueve con una prisa desbordada y a todos nos colma el plato de alimento cada mañana, cada tarde, cada día. Papá sabe la desgracia que trajo el camión. Nunca creyó que la encontraría, salió a buscarla para tranquilizar su conciencia. Seguro fue el culpable de la huida, la recogió por arrepentimiento. Seguro sabría ya dónde estaba, la trajo para hacer infeliz a mamá. Seguro no imaginó cuánto se lo agradecería. No lo sé, pero papá ya no habla de viajes.

Papá lleva varios días inmóvil en su sillón. Mantiene los ojos en el techo mientras las conversaciones inundan el espacio, a veces su mirada digna bajar hacia los otros, y con cara despreciable se clava en la tía Saura largo rato. Ella atrapa moscas, se sube y baja la falda, pega su lengua a la pared y balbucea, a veces pronuncia el nombre de mamá cuando ella no está, o empuña una cuchara y la lleva en su boca durante horas como un caramelo, papá la contempla con terror y vuelve la cara al techo fingiendo que no ha visto. Papá ha emprendido así

In the dining room everyone is quiet. Mama directs the silverware with Aunt Saura like she used to do with me, although she will never learn. My grandmother watches them out of the corner of her eye, she looks away and doesn't say a word, just some tears roll down her face and Grandpa looks despisingly at the image he can't understand. Papa orders the situation, feigns solidity, and obligates Mama to solve it. Mama moves with overwhelming hurry and loads our plates with food every morning, every evening, every day. Papa knows the misfortune that the truck brought. He never thought he would find her, he went out to look for her to soothe his own conscience. Surely he was the one who was guilty for her running away, he got her back out of repentance. Surely he would already know where she was, he brought her to make Mama unhappy. Surely he never imagined how much she would thank him for it. I don't know, but Papa no longer talks about trips.

Papa's spent several days sitting still in his chair. He keeps his eyes on the ceiling while conversations flood the space, sometimes his dignified gaze lowers towards the others, and with a disgusted face he stares at Aunt Saura for a long time. She traps flies, she lifts and lowers her skirt, she sticks her tongue against the wall and babbles, sometimes she says Mama's name when she's not here, or takes a

varias huidas, duerme durante las tardes y al despertar nos cuenta que estuvo en el agua. Esas palabras a mamá le suponen un reproche y molesta le dice que sus pies no lo llevarán más allá de sus palabras. Es mamá la que lo sufre todo. La abuela solloza sobre sus hombros y apenas puede se aleja también, su voz ha enmudecido casi por completo y pasa la mitad del día frente a la jaula del pájaro, cuando lo escucha en su rostro se dibujan carcajadas inaudibles, se pierde entre los trinos pero ni una sola vez ha penetrado en la jaula. Dos veces la descubrimos con el alambrado abierto, imaginamos tan sólo un temor a entrar, papá dijo que espera que el ave emprenda la huida; lo demás no sé si lo soñó también, pero dijo que el pájaro salió de la jaula, se elevó por los aires, voló en círculos varias veces y en seguida volvió a entrar.

spoon in her fist and holds it in her mouth as if it were a lollipop, Papa stares at her with horror and turns his face back to the ceiling pretending he hasn't seen her. This is the way Papa has begun several escapes, he sleeps during the afternoons and when he wakes up he tells us that he was in the water. Those words seem like a reproach to Mama and angry she tells him that his feet won't take him further than his words. It's Mama who bears everything. Grandma sobs on her shoulders and as soon as she can she goes away too, her voice has become almost completely mute and she spends half the day in front of the bird cage, when she hears it on her face are drawn inaudible laughs, she gets lost in the twittering but not one single time has she gone into the cage. Two times we caught her with the wire door open, we imagine just a fear to enter, Papa said that he hopes the bird tries to escape; the rest I don't know if he dreamt it too, but he said that the bird left the cage, it went up high into the air, it flew in circles several times and right away it went back in again.

Poco a poco el granero comenzará a vaciarse. Papá no ha puesto atención pero tío Samuel se meza los cabellos cuando lo imagina vacío. Un mar entero desaparecerá allí dentro. Sobre las baldosas una marca oscura ondeará alrededor de las paredes indicando el nivel que tenía, en unos días se hundirán apenas los tobillos. Todo se irá con las lluvias. El abuelo empezará con las preguntas. La preocupación de mi padre se pasea a caballo y tío Samuel desespera: algo más para inventar. Papá y el tío suben a diario a la montaña y cuentan al abuelo de la humedad de la tierra, de lo poco apropiado de iniciar las labores.

Little by little the granary will begin to empty. Papa hasn't paid attention, but Uncle Samuel pulls on his hair when he imagines it cleared out. An entire sea will disappear there inside. Over the tiles a dark mark will undulate around the walls showing the level that it was, in a few days you'll only be able to sink down to your ankles. Everything will go with the rains. Grandpa will begin with the questions. My father's worry rides a horse and Uncle Samuel feels desperate: something more to lie about. Papa and my uncle go up to the mountain every day and they talk to Grandpa about the moisture of the soil, about how wrong it would be to start working the land.

Después de todo he vuelto a buscarla. Me oculto entre las piedras esperando verla salir. Hoy sólo conseguí un sol rozagante lavándome el rostro. Intento creer que es el calor lo que los mantiene dentro y a la sombra. Ya no puedo llamarla por su nombre e imito maullidos esperando que me reconozca pero no aparece. Lo he hecho ya varias veces y muy deprisa, entonces puede ser que no me haya escuchado, o tal vez ni siquiera está. Voy de un lado a otro dentro de casa y ni mi madre ha notado las huidas; de vez en cuando le da por las plegarias, unos minutos bastan y en mis oídos se incrusta cien veces el nombre de la tía, y la protección y la salud y la enfermedad, y todas esas cosas que le caben a mamá en la boca y que estoy segura allí se quedarán. Es apenas un eco que nadie oye, si acaso yo; no creo que eso funcione y sin embargo, igual que mamá comienzo a repetir palabras huecas y a esperar.

After everything I've gone to look for her again. I hide among the rocks waiting for her to come out. Today I only got a radiant sun washing my face. I try to believe that it's the heat that is keeping them inside and in the shade. I can no longer call her by her name and I imitate meows hoping she'll recognize me, but she doesn't appear. I have done it several times and very quickly, then it could be that she hasn't heard me, or maybe she isn't even there. I go from one spot to another inside the house and not even my mother has noticed when I've escaped; once in a while she decides to say prayers, a few minutes are enough and the name of my aunt is incrusted one hundred times in my ears. And protection and health and sickness and all those things that fit in Mama's mouth and that I am sure will stay there. It's barely an echo that no one hears, maybe me; I don't believe that works and even so, just like Mama I begin to repeat hollow words and to hope.

Fue mi padre el que lo pensó, tío Samuel se sorprende de la osadía. No lo ignora, la rectitud de mi padre no era para menos: por un disgusto al abuelo mejor el engaño. Eso creímos todos pero algo trama papá, la abuela indiferente y él quiere ya otras cosas. Definitivamente venderá el camión.

It was my father who thought of it, Uncle Samuel is surprised by its daring. He must admit it, my father's integrity made this almost inevitable: better to fool Grandpa than to hurt him. That is what we all believed but Papa's planning something, Grandma's indifferent and he now wants other things. He'll definitely sell the truck.

Tío Samuel indignado por la noticia, le echó en cara a papá la cobardía y los proyectos. Mi padre escucha con paciencia y nada responde. El tío amenaza con contar la verdad al abuelo, por nada venderán el camión, pero tampoco se atreve, en el fondo sabe que es mi padre quien perderá; su cobardía quedará sellada en el negocio y no habrá forma de volver atrás, ahora toda su ocupación es la venta. Para fingir la importancia de cada empresa, el tío preguntó a papá si le molesta que el nuevo hijo lleve su nombre. Papá con un temblor en los ojos y con su boca hecha una mueca, intentó mostrarse indiferente, y acaso, no quebrar su voz. El tío sonríe, alegre ya por su cometido se alejó de casa. Papá, reclinado sobre la blanca pared, se puso en cuclillas y frotando sus dedos hizo llegar a Luna hasta su costado. En medio del pelaje negro que le brota al perro entre los ojos papá desliza sus dedos uno a uno hasta llegar al lomo; Luna mueve la cola de un lado a otro y le lame la mano, papá observa al perro de tal forma que todos sabemos que ni si quiera lo está mirando. Papá siente que entre sus manos palpita el cuerpo menudo de una criatura; el perro lo ve con sus ojos tristes descubriéndolo todo y por una vez, al menos una, mi madre y yo esperamos que aquellos brazos se posen así sobre nosotras, ahuyentando el anhelo de lo que ya nunca será.

Uncle Samuel, made indignant by the news, accuses Papa of cowardice and blames him for his plans. My father listens with patience and doesn't say anything. Uncle threatens to tell Grandpa the truth, not for anything should they sell the truck, but he also doesn't dare, deep down he knows that it's my father who will lose; his cowardice will be sealed in this business and there won't be any way to go back, now all his time and effort are focused on the sale. Pretending how important all these dealings are, my uncle asks Papa if it would bother him if his new son had Papa's name. Papa with a twitch in his eyes and his mouth twisted up in a knot tried to look as if he couldn't care less and at least not let his voice break. Uncle smiles, glad to have fulfilled his mission, and leaves our house. Papa, leaning against the white wall, crouched down and rubbing his fingers made Luna come to his side. In the middle of the black fur that sprouts between the dog's eyes Papa slides his fingers one by one until it reaches the dog's back; Luna wags his tail from one side to the other and licks his hand, Papa looks at the dog in such a way that we all know he isn't even looking at him. Papa feels that in his hands beats the tiny body of a creature: the dog looks at him with his sad eyes discovering everything and this time, at least this one time my mother and I wish that those arms would pose that way over us, chasing away the yearning for what now will never be.

Todavía no es visible ni en la panza de su madre, y sin embargo, Emilio contó en la escuela del hermano que tendrá. Lo hizo delante de mí como si esperara mis celos, otro idiota, qué fastidio, fue lo que atiné a decir, una ola de carcajadas se ordenó alrededor suyo. Mi primo furioso empuñó la mano y con toda su fuerza la estrelló en mi vientre. Doblada de dolor no oculté las lágrimas y me postré en el suelo. Todos me rodearon asustados y Emilio me lanzó una mirada llena de rabia. Nara permaneció a mi lado y le pedí no hablar. A ratos y a escondidas me salía el llanto aunque ya no me dolía.

It still isn't visible, not even in his mom's tummy, and still Emilio tells the school about the brother he will have. He did it in front of me as if he expected me to be jealous, another idiot, how annoying, was what I managed to say, a wave of laughter lined up around him. My furious cousin made a fist and with all his strength crashed it into my belly. Leaning over in pain I didn't hide my tears and I laid down on the ground. Everybody circled me scared and Emilio hurled a look at me that was full of rage. Nara stayed at my side and I asked her not to talk. Sometimes and hiding it a sob came out of me although it didn't hurt anymore.

Emilio no se acerca al patio, yo también evito hacerlo. Teme que lo haya delatado. Yo tiemblo al pensar que contó a mis tíos lo que le dije. Dirán que yo empecé. Esa, piensan, es su única vergüenza y la de menos: Emilio empezó a hablar así de grande, y tampoco ha aprendido, tartamudo y vacilante hila palabras y las entrecorta con su lengua, gran esfuerzo le cuesta abrir la boca, es común que se rían y sin embargo, el peso de todas las burlas lo apretó en su mano. La presunción de la noticia lo hizo balbucear sin pena: un hermano para enseñarle a repetir sílaba a sílaba, como yo lo había enseñado.

Emilio doesn't come near the patio and I avoid it too. He's afraid I told on him. I tremble thinking that he told my uncle and aunt what I said to him. They'll say I started it. That, they'll think, is her only shame and it's the least one: Emilio began to talk later than most, and he hasn't really learned how either, a stutterer and hesitant he strings together words and cuts them up with his tongue, it takes great effort for him to open his mouth, they usually laugh and even so he squeezed the weight of all the mockeries in his fist. The presumption of the news made him babble without embarrassment: a brother to teach him how to say things syllable by syllable like I had taught him.

Dicen que tía Ada recibió indignada la noticia, detesta el nombre de papá y tuerce la boca al pronunciarlo. Pensará que él lo dispuso pero no sabe que le avergüenza la decisión; mi madre tampoco lo comprende y se ofendió aún más cuando se lo confirmé, ¿cómo se veía?, mama quería saber si papá estuvo contento con la idea pues una cara de amargura la hubiera dejado satisfecha, entonces yo le dije que nada advertí y ese no saber fue la mejor respuesta.

They say that Aunt Ada was indignant when she heard the news, she hates Papa's name and twists her mouth when she mentions it. She will think that he ordered it but she doesn't know he's ashamed about the decision; my mother doesn't understand it either and she was even more offended when I told her it was true. How did he look? Mama wanted to know if Papa was happy with the idea because a bitter face would have satisfied her, then I said to her that I didn't notice anything. Not knowing was the best answer.

Así durante unos días, luego serían algunos meses, todas las cosas comenzaron a girar sobre aquel nombre. No era para mí el nombre de papá, pues era tan solo papá para mí y no otra palabra. Era sin embargo el nombre que pronuncian los abuelos, mi tío, y todos los que le son ajenos; por eso yo no entiendo el enojo de mamá si bien aprendió a ignorar ese nombre para llamarlo sólo tu padre.

De pronto papá comenzó a ser el innombrable, hasta suponía una ofensa repetir cómo se llama; la abuela trató de persuadir al tío, alegó una situación confusa para todos, cuestionamientos incluso mal intencionados. Pero tío Samuel se empeña, siempre le ha gustado ese mote. Llámalo como tú, le dijo papá, tanto te gusta sonar entre los otros. El tío no acaba de explicar el honor que le cede, pero mi padre ya está harto de sus dos sílabas. A veces esa palabra que tanto ha oído pronunciar le suena tan extraña y ya no se reconoce, entonces, por momentos, no le importa que otro más en el mundo sea llamado así, y sin embargo, ya todos, incluso él, imaginamos el rostro del bebé exactamente igual al suyo; y papá sólo se pregunta si esa será la forma de perpetuar su nombre.

That's how during some days, later it will be some months, all the things began to whirl around that name. To me it wasn't Papa's name, because he was only Papa to me and not another word. It was however the name that was used by my grandparents, my uncle, and by all those that were strangers; that's why I didn't understand Mama's anger, since she herself had learned to ignore that name to call him simply your father.

Suddenly Papa began to be the unnamable, he even assumed that it was an offense to say his name: Grandma tried to persuade my uncle, she argued that it would be a confusing situation for everyone, badly intentioned questions might even be raised. But Uncle Samuel is set on it, he has always liked that nickname. Give him your name, Papa said to him, you like it so much when others say it. Uncle cannot stop talking about the honor he is showing him, but my father is already sick of his two syllables. Sometime that word that he has so often heard pronounced sounds so strange to him and he can no longer recognize it, then, for a few minutes, it isn't important to him that another person in the world be called that way, and even still, now everyone, even him, imagines the face of the baby exactly like his: and Papa only wonders if that will be the way to perpetuate his name.

Poco a poco los hombres vacían la bodega, cada saco de semilla se lo lleva todo. Entre tantos reconocí al padre de Ángel. Fui yo quien lo atendió. El hombre no puede contar y yo me sorprendí de su técnica: lleva una bolsa con pedruscos, pone uno sobre cada costal pleno de granos, sabe así que todos esos le corresponden, su esposa o su padre le dieron la idea, él no confía en nadie más. Ya en casa ellos lo ayudarán a confirmar las cuentas. Por mucho que lo enseñen no quiere aprender, pocos años en el comercio lo hicieron temerlo todo. Cuentan. El abuelo de Ángel casi lo mata de niño, algún error cometió en las ventas pero siempre aseguró que fue el viejo el que había errado; sin poder descifrar la necedad nunca más creyó en sus cálculos. Nadie lo acompañó, y yo sabía bien por qué. Sal al patio sinvergüenza. El hombre silbaba: yo en seguida aparecí. Ya había planeado el juego: tomé el collar en las manos y con los ojos cerrados a gritos me puse a contar cada perla. Luego de un rato, de tantas vueltas y presuntuosa de las centenas, abrí los ojos y con burla lo miré. Él hombre, en silencio, también me observaba, y de pronto, con una voz tímida me preguntó señalando los sacos: ¿verdad que son treinta? Por mucho que los conté de algún modo me convenció, faltaban pero asentí, y una sonrisa de menos tres dientes iluminó toda su cara.

Little by little the men empty the warehouse, each sack of seed takes everything away with it. Among so many I recognized Angel's father. It was me who waited on him. The man can't count and I was surprised by his technique: he carries a bag of pebbles, he puts one on each sack full of grain, that way he knows that all of those are his, his wife or his father gave him the idea, he doesn't trust anyone else. Once he's home they'll help him go over the numbers. No matter how much they teach him he doesn't want to learn, a few years in business made him afraid of everything. That's the account. Angel's grandpa almost killed him when he was a baby, he made some mistake in a sale, but he always said it was the old man who'd been wrong: since he couldn't figure out how he messed up he never believed in his math again. No one came with him, and I certainly knew why. Go out to the patio, you shameless one. The man whistled: I came out right away. I had already planned the game: I held the necklace between my fingers and with my eyes closed shouting I started to count each pearl. After a little while, with so many turns and showing off when I got to the hundreds, I opened my eyes and mockingly looked at him. The man, silently, also stared at me, and suddenly, with a timid voice asked me, pointing at the sacks: Am I right that there are thirty? No matter how much I counted them, somehow he convinced me, there were some missing, but I agreed, and a smile minus three teeth lit up his face.

[195]

Ya han comenzado a llamarla de otra forma, ya deja de ser Saura para ellos y la casa es señalada por su apodo. Al medio día los niños lanzan piedras a la puerta, luego la llaman. Esperarán que salga de repente y vaya tras ellos como un animal rabioso. Su curiosidad es tanta, asoman la cabeza entre el barandal, no quieren perder sus movimientos, y es sólo mi tía la cosa tan extraña. Otras veces preguntan por ella, no contesto sino hasta que la nombran Saura. Entonces hablo de su risa estridente y su repetición infinita de palabras. Ya la quisieran en casa. Contemplarla les causa una sensación rara: la miran y son ellos los que se dan lástima. El colmo cuando carga la muñeca: vieja, despeinada y sucia, un calcetín por toda prenda. Papá piensa que yo se la di, gustosa lo hubiera hecho. No la suelta ni un instante. No hace nada con ella más que apretarla con su brazo derecho. A veces la coloca frente a su rostro y su enorme sonrisa me saca el llanto.

They've already started to call her a different name, she no longer is Saura for them and the house is pointed at with her nickname. At midday the children throw rocks at the door, then they call out to her. They will hope that she'll come out suddenly and go after them like a rabid animal. Their curiosity is so great, they stick their head through the railing, they don´t want to miss any of her movements and it is only my aunt who's the very strange thing. Other times they ask for her, I don't answer them until they call her Saura. Then I talk about her strident laughter and her unending repetition of words. They should only wish they had her in their house. Staring at her gives them such a strange sensation: they look at her and it is them that they feel sorry for. The worst thing is when she carries the doll: old, uncombed, and dirty, a sock its only clothing. Papa thinks that I gave it to her, I'd have been happy to do it. She doesn't let go of it for a single minute. She doesn't do anything with it except to squeeze it with her right arm. Sometimes she sets it in front of her face and her enormous smile makes me cry.

Le tocó al abuelo. Nadie sabe que fue un disgusto lo que le tiene así. El tendero vino a reclamar el fraude. Le pareció una burla los veintisiete sacos, aprovecharse así de su hijo: imperdonable. Yo abrí la puerta cuando escuché sus gritos. Mi abuelo que se acercó a mirar se encontró con un reproche. Luego de un rato lo supo todo. Cuando el viejo se fue mi abuelo empezó a temblar, y yo con él. Me pidió no mencionar nada. Todo comenzó con un dolor en el costado y desde entonces fue lo único que no olvidó.

It was Grandpa whose bad luck it was to deal with it. No one knows that it was his getting mad that makes him like that. The shopkeeper came to complain about the fraud. The twenty-seven sacks seemed like a cruel prank to him, taking advantage that way of his son: unforgiveable. I opened the door when I heard his shouts. My grandfather who came close to see what was happening was met with a reproach. Later after a while he found out everything. When the old man left my grandfather began to tremble, and me with him. He asked me not to say anything. Everything began with a pain in the side and since then it was the only thing he didn't forget.

Las palabras me queman en los labios, pero tan culpable soy como papá. El abuelo no soporta su presencia ni un momento, apenas se pone el sol y va a la cama, papá preguntó a la abuela si algo le pasa, extraña sus caminatas de la tarde. Ella para no mentir perdió la voz e insiste en las muecas. Nadie puede interpretarlas, sólo yo. Papá que no es tonto algo sospecha. Papá lo intentó todo para justificarse bien. No encontró mejor explicación. Fueron palabras sin mucho sentido, y aun en las mentiras nos lastimó lo mismo, porque supimos así que le dolió más a él. Papa dijo que teme la muerte del abuelo y no quedará más que complacer su voluntad. Escuchamos con terror ese designio pues una salud de hierro era lo más propio del viejo. Aún así papá continuó con el relato, interrumpía sus palabras y en su decir, la muerte ya era inevitable. Va a morir, dice esa frase como al viento y nosotras abrimos los ojos. Primero muerto, lo reitera, va a morir, antes de saberlo, antes de saberlo; y las palabras suenan tan distantes, tan dichas por nadie que de pronto el temor de la muerte se aleja y lo único que él espera es esa muerte serena que no lo descubra.

The words burn on my lips, but I'm as guilty as Papa. Grandpa can't stand to have him around, not for a minute, as soon as the sun sets he goes to bed, Papa asks Grandma if something's up with him, he misses his afternoon walks. She in order not to lie lost her voice and insists on making faces. No one can figure them out, just me. Papa who's not a fool suspects something. Papa tried everything to justify himself. He couldn't find a better explanation. They were words without much meaning, and even in the lies he hurt us just the same, because we found out that way that it hurt him more. Papa says that he is afraid that Grandpa will die and all we can do is to comply with his wishes. We listen to this command with horror as a health of iron was the thing that most belonged to the old man. Even so Papa continued with the story, he interrupted his words and, in his way of saying it, death was already unavoidable. He is going to die, he says that phrase as if to the wind and we open our eyes. Better dead, he says it again, he is going to die, before finding out, before finding out; and the words sound so distant, so said by no one that suddenly the fear of death goes away and the only thing he hopes for is that serene death where he isn't found out.

Hasta mamá dio su veredicto. El abuelo no tiene nada. Cosas propias de la edad. Desde luego que sí, dijo papá. Propiamente sucedería, no debería sorprendernos, no era para menos lo que le pasa. O mi padre finge o en verdad le cree a mamá. De cualquier forma la imagen de ese cuerpo tendido llenó de culpa, papá no se atreve a preguntar nada. Aún con eso, todos opinan.

Even Mama gave her verdict. Grandpa isn't sick at all. It's just old age. Of course, Papa says. It would happen properly, it shouldn't surprise us, it makes sense what's happening to him. Either my father is pretending or he really does believe Mama. Either way the image of that body laid out filled one with guilt, Papa does not dare ask anything. Even with all this, everyone says their opinion.

La ligereza con que le hablaban de su enfermedad, la ligereza con que lo afirmaron. Afirmarlo o negarlo resultaba igual, porque partía del convencimiento que se pronunciaba tan inmediato y repentino como la verdad más absoluta. Unos opinaban que estaba a punto de morir y otros que el delirio era ya el umbral de la sanación, nada podía darnos la certeza pero era aquella defensa por lo que cada uno esperaba la única verdad. Que el abuelo estuviera a punto de morir, en la muerte ya, era tan cierto como estar en vilo de recobrar la salud.

The lightness with which they talk to him about his illness, the lightness with which they said it was true. To say it was true or deny it gave the same result, because it came out of the conviction that was said as soon and as suddenly as the most absolute truth. Some said that he was about to die and others that delirium was already the threshold of healing, nothing could give us the certainty but it was that defense through which every one of us hoped for the only truth. That Grandpa was about to die, in death already, was as certain as that he was at the edge of recovery.

Mi padre se encargó de explicarle lo terrible de su mal y la posibilidad de su cura. Así sea preciso venderlo todo, le dijo, no importa.

My father took on the burden of explaining to him the terrible nature of his illness and the possibility of his cure. So if it's necessary to sell everything, he told him, we don't care.

Papá propuso un último paseo por el pueblo, nadie aceptó. Mucho menos ahora pondrían un pie en ese camión. Me llevó sólo a mí. Dimos vueltas varias veces, la gente ávida, y mi padre en silencio no quitaba la vista del frente. De entre todas las cosas me maravilló la ventana: nada se detenía, sucedía rápido, y yo distante vigilándolo. Tan divertido al principio, terminó muy pronto. Mi padre se dirigió al baldío y estacionó el camión bajo el eucalipto. Al frente estaba la carpa. Me ordenó bajar de inmediato. El padre de Persa salió en seguida, me saludó con una sonrisa y comenzaron a hablar. Él realizaría la venta.

Papa proposed one last drive around town, no one accepted it. They wouldn't set a foot in that truck, especially not now. He only took me. We drove around and around several times, the people were avid, and my father in silence didn't stop looking straight ahead. Of all the things what most amazed me was the window: nothing stopped, it happened so quickly and me distant watching it. So fun at the beginning, it was over very soon. My father drove to the empty lot and parked the truck under the eucalyptus tree. The tent was right in front of us. He ordered me to get out. Persa's father came out straight away, he greeted me with a smile and they began to talk. He would handle the sale.

Cuando llegamos a casa, caminando, todos rodeaban al abuelo y alguien preguntó por el camión pero papá no respondió. Vi lágrimas en sus ojos y un esfuerzo desmedido con el que fingía su voz, luego, como una noticia importante prometió al abuelo que muy pronto sanaría.

Tendido en la cama, el abuelo rabiaba. Parecían sus últimas palabras. Extrañas palabras, indescifrables, como blasfemia y bendición a un tiempo. Con aquella frase contundente e irrepetible se cumpliría para siempre su mandato.

When we arrived home, walking, everyone surrounded Grandpa and someone asked about the truck, but Papa didn't answer. We saw tears in his eyes and an enormous effort with which he faked his voice, later, like important news he promised Grandpa that he would get better very soon.

Lying on the bed, Grandpa raged. It seemed like they were his last words. Strange words, indecipherable, like blasphemy and a blessing at the same time. With that conclusive and unrepeatable phrase his wishes would always be followed.

Con el dinero de la venta papá espera recuperar, al menos, un trozo del terreno perdido, el tío no puso ninguna objeción. Mamá se regodea al reprochar la estúpida idea que desde el principio le pareció: vender la mitad de la tierra para ser mercantes. El camión será pagado como fierro viejo: mejor, ni un rastro ya de las mentiras o el sueño. Otra vez ganar el patio. Emilio lo disfruta jugueteando con Luna. Sólo escucho sus gritos, yo no puedo ni mirarlo. Mamá se asombró de mi encierro y cuenta a papá cuánto me duele el abuelo. Él resignado me compadece.

With the money from the sale Papa hopes to get back at least a portion of the lost property, my uncle did not make any objection. Mama takes pleasure in reproaching the idea that seemed stupid to her since the very beginning: to sell half the land so they could be merchants. The truck will get sold for scrap iron: that's even better, not a trace now of the lies and the dream. Again to take over the patio. Emilio enjoys it playing with Luna. I just listen to his shouts, I can't even look at him. Mama was surprised by my shutting myself in and tells Papa how much I'm hurting about Grandpa. He, resigned, feels sorry for me.

Para fingir que el abuelo es un vegetal, todos rodea su cama y le cuentan de los días. Acudió el médico y auguró lo ya sabido. La enfermera viene con frecuencia, lo alimenta por los brazos y le cambia las almohadas. Un portento que despierte.

To pretend that Grandpa is a vegetable, everyone surrounds his bed and tells him about their day. The doctor came and predicted what was already known. The nurse comes often, feeds him through his arms, and changes his pillows. It'd be a good sign if he woke up.

Las piernas me tiemblan si la veo. Apenas un crujir de la puerta, los ladridos de Luna que ya la reconoce y mi corazón punza. He olvidado todas las palabras adecuadas y una tímida sonrisa es todo lo que digo al recibirla. Me mira sobre su hombro, algo dice que no puedo interpretar, yo imagino es un saludo. Camino a su costado, se pierde en la recámara de olores extraños, nadie la interrumpe en su trabajo, yo desde lejos imagino mías las caricias al abuelo. Habla con él, sólo él puede entenderla, invisible ya para los otros, casi una extraña, hasta la ignoran. Y yo sólo dejo de temblar cuando se va: sin malas noticias.

My legs tremble if I see her. Just a creaking of the door, Luna's barks now he recognizes her and my heart throbs. I have forgotten all the right words and a timid smile is all I can say to receive her. She looks at me over her shoulder, she says something that can't be interpreted, I imagine it's a greeting. I walk by her side, she gets lost in the bedroom of strange smells, no one interrupts her in her work, I from afar imagine that the caresses she gives Grandpa are mine. She speaks with him, only he can understand her, invisible now to the others, almost a stranger, they even ignore her. And I only stop trembling when she goes: without bad news.

Una casualidad que la encontrara. No del todo. Había dado diez vueltas al pueblo, diez veces seguidas, diez días, una infinidad. La encontré sentada sobre una roca, a mitad de la calle como si esperara. No se inmutó al verme y bajó la cabeza. Yo le extendí el brazo y le supliqué hablar. En un completo silencio tocó con un dedo la palma de mi mano. Trazó círculos muchas veces, deslizaba su piel sobre mis grietas, dócilmente y en silencio; movimiento interminable que me hizo dar vueltas sobre la punta de los pies, subía a la cabeza en giros acompasados a gran velocidad; luego un regreso en espiral, lento y suave, delicado como una caricia que llega al sueño. Y empecé a reír. Las lágrimas brotaron de sus ojos, tomó mi mano y la cerró en un puño. Se echó a correr sin decir nada. Yo me quedé sobre aquella piedra en el centro del mundo, con la muerte a cuestas.

It's a coincidence that I find her. Not completely. I had walked ten times around town, ten times in a row, ten days, an infinity of times. I found her sitting on a rock, in the middle of the street as if she were waiting. She didn't react when she saw me and she lowered her head. I stretched out my arm to her and begged her to speak. In complete silence she touched the palm of my hand with a finger. She traced circles many times, she slid her skin over my crevices, docilely and in silence: an unending movement that made me spin on the tips of my toes, that went up in my head in rhythmic turns at a great speed; later a spiraling return, slow and soft, delicate like a caress that reaches through sleep. And I began to laugh. Tears sprung from her eyes, she took my hand and closed it in a fist. She began to run without saying a word. I stayed there on that rock in the center of the world, with death on my shoulders.

No es tan triste la partida, se irá de cualquier modo. Serán las palabras que ya no nos diremos, las que nunca me dijo. La despedida era importante, una postrera palabra: la revelación. Mi perpetua compañía.

The leaving isn't so sad, she'll go no matter what. It will be the words that we'll no longer say to each other, the ones she never said to me. The farewell was important, one last word: the revelation. My perpetual company.

Todos lo rodeamos como buitres. Mi padre y mi tío en la cabecera, las mujeres a sus pies. La inmovilidad y el silencio se confunden en el cuerpo reseco del abuelo. Sus ojos abiertos retratan el instante de esa última unión. Un graznido rapaz rompe la escena: tía Saura bufa alaridos en aumento, una danza estridente la inunda: los ojos blancos y las manos en lo alto. Nunca vi tantas lágrimas juntas. Mi padre ordena el duelo, con la sola mirada obliga a mi madre a responder. Frente a todos, mamá le sujeta las manos, la tía poco a poco cede. En la esquina del cuarto, a oscuras, los brazos de mamá la rodean y la calma regresa, un murmullo melódico se eleva y sus cuerpos prensados comienzan a balancearse al compás de una respiración que ya se va. Un pretexto para romper posturas. Tía Ada, enorme, elige una silla en la otra esquina, cruza las manos sobre su vientre y vuelve la cabeza soñolienta. La abuela huye con su voz apagada, intransitable, sobre la que apenas anda. Al final sólo quedamos los cuatro a velar la noche.

All of us circle him like vultures. My father and my uncle at the head of the bed, the women at his feet. Immobility and silence mix together in Grandpa's dried out body. His open eyes capture the instant of that last union. A rapacious croak breaks up the scene: Aunt Saura snorts out louder and louder howls, a strident dance floods her: her white eyes and her hands up in the air. I never saw so many tears together. My father orders the grief, with just his gaze he forces my mother to respond. In front of everyone Mama holds her hands, my aunt cedes little by little. In the corner of the room, in the dark, Mama's arms circle her and calm returns, a melodic murmur rises and their bodies pressed together begin to sway to the rhythm of a breathing that is already going away. An excuse to break one's posture. Aunt Ada, enormous, chooses a chair in the other corner, she crosses her hands over her belly and turns her sleepy head away. Grandma runs out with her muffled, impassable voice on which she barely walks. Finally just the four of us remain to keep vigil over the night.

La eternidad se había instalado en aquel instante. Nunca vi tan cerca la muerte.

Eternity had settled into that instant. I never saw death so close.

Nadie se me acercará en la escuela. Si hay muerte en casa, todos la cargan. Cuando camine me cederán el paso, Nara ni siquiera me buscará. En medio del salón, como todos los días, siento que no pasa nada, que el abuelo yace dormido bajo algún árbol. Es así, es así. Sólo en casa llega la culpa.

Cuando el profesor extendió su mano sobre mi cabeza, un llanto repentino me asaltó. Delante de los otros, mi boca y mi nariz fue un manantial, y con los dedos enjutos me limpiaba el rostro, los sollozos cortaban mis palabras, repetí mil veces el nombre del abuelo y un dolor incomprensible me hizo desplomar. Como tantas veces el profesor me tomó en sus brazos y, como nunca antes, me besó la frente.

No one will approach me at school. If there is death in my house, everyone carries it. When I walk they'll let me pass by. Nara won't even seek me out. In the middle of the classroom, like every day, I feel that nothing is happening, that Grandpa lies sleeping under some tree. That's the way it is, that's the way it is. Only at home does guilt arrive.

When the teacher stretched his hand over my head, a sudden weeping assaulted me. In front of the others my mouth and my nose were a spring, and with withered fingers I wiped my face, the sobs cut up my words, I repeated a thousand times Grandpa's name and an incomprehensible pain made me collapse. Like so many other times the teacher took me in his arms and, like never before, he kissed my forehead.

Persa se fue aquella tarde, casi a oscuras. Iban como entre sombras para no ser vistos. Papá lo supo hasta el día siguiente. Nos habían despojado de todo. Culpó a mamá por el consejo: no eran negociantes sino ladrones. Ella tuvo la idea, no imaginó que papá pondría atención, no era culpable de la venta. Ve tras ellos cuanto antes, dijo. Mi padre se apoyó en la pared, tocó sus sienes con la mano derecha y permaneció inmóvil. Al fin contestó: se los tragará el mundo.

Persa left that afternoon, almost in the dark. They moved as if among shadows to not be seen. Papa didn't find out about it until the next day. They had taken everything from us. He blamed Mama for her advice: they weren't businessmen, they were thieves. She had the idea, she never imagined Papa would pay attention to it, she wasn't to blame for the sale. Go after them as soon as you can, she said. My father leaned against the wall, he touched his temples with his right hand and kept still. Finally he answered: the world will swallow them up.

La sangre me hervía en el cuerpo. Yo misma lo pude evitar. El corazón se me estaba saliendo del pecho pero nunca dejé de mirar: una caravana colmada de chatarra cruzaba el camino viejo. Persa con el rostro descubierto, y una inmensa sonrisa, agitaba la mano diciendo adiós. Un dolor en el estómago me invadió, las lágrimas se negaron a salir y fueron semanas tomando remedios para la tristeza. En mi cabeza no había más que un pensamiento e inventé largas conversaciones sobre un eventual encuentro.

Blood boiled in my body. I myself could have avoided it. My heart was coming out of my chest but I never stopped watching: a caravan full of junk crossed the old road. Persa with her uncovered face, and an immense smile, was waving her hand saying goodbye. A pain in my stomach invaded me, tears refused to come out and weeks went by taking remedies against the sadness. There was nothing more in my head than one thought, and I made up long conversations about a future encounter.

Muchos años después lo recordaría todo.

Summer Harvest

Many years later I'd remember everything.

Aunque el abuelo nunca lo veía, papá intentó reparar el daño. Todas las estaciones pasaron por sus manos. En la extensísima sábana blanca se vació lo mejor de las semillas, un cuerpo informe yacía bajo el minúsculo otero. Mi padre se hincaba y sumergía su mano hasta el fondo en un vaivén. Tarea inútil de revolverlo todo. De los granos más secos había de nacer nuestra cosecha. Unas manos callosas lo ayudaban, en el filo de las uñas guardaba toda la arena labrada. Un largo punzón hacía el resto del trabajo: papá trazó mil barrotes sobre la tierra.

Las primeras lluvias rociaban el suelo pintándolo de verde. Una alfombra de hojas efímeras cubría la montaña. Sólo restaba que crecieran. Muchos puños de sal eliminaron las plagas: pasos en redoble, luego el descanso.

Emilio y yo contemplábamos la obra mientras el sol nos derretía la frente. El viento columpiaba las primeras espigas; apenas unos meses y como rayos de luz se erizaban. Nadie adivinaba los torbellinos entre los tallos ni el laberinto de paja albergando el calor de parejas insomnes. No adentrarnos en la espesura era casi una orden y, desobedientes, la punta de nuestra cabeza competiría con la hojarasca.

Bajo la tarde emprendimos una carrera a tumbos de lado a lado y un escozor de prodigio nos quemaría el cuerpo.

Even though Grandpa was never going to see it, Papa
tried to repair the damage. All of the seasons passed
through his hands. He poured the best of the seeds on
the vast, white sheet, an unformed body lay beneath
the tiny mound. My father kneeled down and drove
his hand deep. A futile task to stir it all. From the
driest grains our harvest would have to sprout.
Calloused hands helped him, on the edge of his
fingernails he kept all the tilled sand. A long dibber
did the rest of the work: Papa traced a thousand bars
over the land.

The first rains sprinkled the soil, coloring it
green. A carpet of ephemeral leaves covered the
mountain. The only thing left was for them to grow.
Fistfuls of salt drove out the pests: quick marching
steps, later a rest.

Emilio and I would watch the work while the
sun melted our foreheads. The wind swung the first
sprigs; just a few months and like light rays they stood
up straight. No one foresaw the whirlwinds among the
stalks or the maze of straw harboring the heat of
sleepless couples. To not go into the thickness was
practically an order and, disobedient, the tips of our
heads would rival the dried sheaves.

Under the afternoon sky we raced, tumbling
from side to side, and a prodigious stinging would
burn our bodies.

Bric-a-Brac

Press